中公文庫

御蔵入改事件帳

消えた隠居資金

早見　俊

中央公論新社

目次

御蔵入改の面々

荻生但馬《おぎゅうたじま》……御蔵入改方頭取。奸計にはまって長崎奉行をお役御免となり、出世街道を外れる。小普請入りしてから、暇にあかせて三味線の腕を上げた。長崎仕込みのサーベルを使う。

緒方小次郎《おがたこじろう》……元北町奉行所定町廻り同心。「袖の下」を受け取る先輩同心を批難したために反感を買い、定町廻りを外され、御蔵入改に出向となった。直心影流の使い手。

大門武蔵《だいもんむさし》……六尺棒を得物とする、巨体の元南町奉行所臨時廻り同心。子沢山のため、「袖の下」は大歓迎。将棋好きだが、いつも近所の御隠居に負け、一分金をまき上げられている。

お紺《こん》……女すり。長崎時代に但馬と知り合う。洗い髪で、素足の爪に紅を差し、紫地に蝶の柄などの派手な装いを好む。

喜多八《きたはち》……年齢不詳の幇間。丸めた頭にけばけばしい着物姿で、武蔵と御隠居の将棋をよく冷やかしている。

御蔵入改事件帳　消えた隠居資金

第一話　切り裂き内蔵助

一

「釣れぬ……今日は魔日《まび》か……」

荻生但馬《おぎゅうたじま》はぼやいた。

左に両国橋《りょうごくばし》を見上げる大川《おおかわ》の河岸《かし》、但馬は夜釣りを楽しんでいる。いや、雑魚《ざこ》一匹釣れないとあって苛々《いらいら》が募っていた。

文化《ぶんか》十四年（一八一七）の皐月《さつき》（陰暦五月）三日、梅雨《つゆ》の晴れ間を狙《ねら》ってやって来たのだが、意気込みとは裏腹の釣果《ちょうか》である。夜空を彩る三日月に笑われているようであり、湿った川風が生臭い。

紺地無紋の小袖《こそで》を着流したその身体《からだ》は、肩が張り、胸は分厚く、着物の上からでも屈強さがわかる。身体同様、顔も浅黒く日焼けした、苦み走った男前であった。

「旦那《だんな》、釣れないようですね」

背後から女の声が聞こえた。川面《かわも》に女の顔が映り、白粉《おしろい》の香りが鼻孔《びこう》に忍び入った。

「うむ、どうもいかぬな」

自嘲《じちょう》気味な笑みを浮かべ、但馬は釣《つ》り竿《ざお》を両手で握り直した。横に女がしゃがんだ。ちらっと視線を向ける。大年増《おおどしま》、紫地の小袖に黒の帯を締め、どことなく貫禄《かんろく》がある。細面の顔に大きな目、分厚い唇が肉感的で、唇の左上に小さな黒子《ほくろ》が蠢《うごめ》いていた。

「旦那、竿が……」

女に注意されて慌てて竿を見る。竿先はぴくぴくと反応していた。慌てて竿を上げようとした。

それに、

「焦っちゃいけませんよ。落ち着いて」

女から言われ、但馬は逸《はや》る気持ちを宥《なだ》めゆっくりと竿を上げた。大ぶりの鯉《こい》が上がった。

「おお！　これは」

思わず但馬は破顔した。

笑みをこぼしながら鯉を魚籠《びく》に入れる。

来た甲斐《かい》があった、と喜びを噛《か》み締めながら釣り針に餌《えさ》のミミズを付け、再び釣り糸を垂らした。

するとそれまでのボウズぶりが嘘《うそ》のように魚が掛かった。四半時（三十分）ほどの間に鮒《ふな》二匹、鰻《うなぎ》が一匹釣れた。期待以上の釣果に但馬は大満足だ。

「大漁であるな。そなたのお陰だ」

但馬が礼を述べると、
女は世辞を言った。

「旦那の腕ですよ」

「いやいや、そなたが来た途端に魚が集まってきた。魚を招いてくれた、福の神だぞ」

冗談めかしながら但馬は重ねて礼を述べた。

次いで、

「何か礼をしたいが」

と、言い添える。

「では、お言葉に甘えて、鯉をお料理させてくださいな」

「それは構わぬが……」

但馬は若干の戸惑《とまど》いを覚えた。料理したいとはどういうことだ。訝《いぶか》しむ但馬に女は続けた。

「御蔵入《おくらいり》改《あらため》方頭取《かたとうどり》、荻生但馬さまですね。申し遅れました。あたしは福《ふく》と申します」

自分の素性を知っているということは、何か魂胆があって近づいて来たのだろう。

但馬は長崎奉行の任にあったが、抜け荷に関わったという濡《ぬ》れ衣《ぎぬ》を着せられ、小普請《こぶしん》に左遷された。

ところが捨てる神あれば拾う神である。

元老中で寛政《かんせい》の改革を推進した松平定信《まつだいらさだのぶ》に、その辣腕《らつわん》ぶりを買われ、御蔵入改方頭取という役目を与えられた。定信は老中を辞した後も幕政に大きな影響力を保持しているのだ。

御蔵入改とは南北町奉行所や火付盗賊改が取り上げない訴えや、奉行所の例繰方《れいくりかた》の蔵に封じ込められた未解決事件を扱う。頭取と言っても但馬を入れてたった五人という小所帯だ。

お福は御蔵入改方に依頼事があるのだろう。

「お福か。まさしく福の神であるな。料理をしてくれるのはよいが、何処《いずこ》でだ」

但馬はお福の風格に興味を覚え、申し出に乗ってみようと思った。

「近くで小料理屋を営んでいるんですよ」

お福は川端を見上げた。

「よかろう」

女が何を求めているのかわからないが、新鮮な鯉の洗いにありつけそうだ。

お福の小料理屋は大川に近い、薬研堀《やげんぼり》の一角にあった。薬を煎《せん》じる際に使う薬研のような形をしているのが町名の由来である。

路地を入った行き止まりに店はあった。軒行灯《のきあんどん》は消され、暖簾《のれん》も取り込まれて店仕舞いとなっている。消された軒行灯に目を凝らすと、女郎花《おみなえし》と店名が記してあった。

お福が引き戸を開け、中に入る。明かり取りの窓から差し込む月光が、がらんとした店内をほの白く浮かび上がらせていた。

縁台が並べられた土間の奥には小上がりがあった。お福は但馬にそちらへ上がるよう勧めた。座敷には行灯が灯《とも》されている。

座敷に上がったところで、

「すみません、料理をしている間、手酌で飲んでいらしてください」

お福は魚籠を預かり台所に入ると、五合徳利《どっくり》と猪口《ちょこ》を持ってきた。田螺《たにし》の煮付が盛られた小皿も添えられる。

但馬は承知し、酒を飲み始めた。

しんと静まった店内に包丁を使う音が聞こえる。見ないでもお福の手慣れた包丁捌《さば》きが想像でき、待つのが苦痛ではない。

程なくしてお福は鯉の洗いを持って来た。皿には酢味噌《すみそ》が添えてある。

早速、箸《はし》で切り身を摘《つ》まんで少しだけ酢味噌を付け、口に運んだ。釣り立ての引き締まった身に酢味噌が絡まり、冷や酒を呼ぶ。

切り身が喉を通ったところを酒で追いかけた。思わず、笑みがこぼれた。

「ご自分で釣られた鯉は格別でござりましょう」

お福は五合徳利を両手で持ち但馬に酌をした。

「いやいや、そなたの包丁捌きが見事ゆえであろう」

酌を受けながら返すと、

「お侍さまが、世辞なんぞおっしゃってはいけませんよ」

お福はにっこり微笑《ほほえ》んだ。

「そうか……どうじゃ、そなたも飲まぬか」

酒が入った方がお福も話しやすかろうと但馬は誘った。

「ではお相伴にあずかりますね」

お福はもう一つ猪口を持って来た。但馬の酌を受け、さっと飲み干した。いい飲みっぷりである。

「して……」

但馬は用向きを問いかけた。

お福は居住まいを正して但馬を見た。

「御蔵入改方頭取、荻生但馬さまに折り入ってお頼みしたいことがあるのです」

やはり、そうか。町奉行所では取り扱ってくれなかったのだろう。

但馬は詳細を話すように促した。

「荻生さまはご存じでしょうか」

と、お福はこのところ起きている夜鷹《よたか》殺しについて語った。神田川《かんだがわ》沿いに連なる柳原《やなぎはら》土手《どて》で春をひさぐ夜鷹たちが非業の死を遂げているのである。

「四人もですよ」

お福は言った。

殺された夜鷹たちを偲《しの》ぶようにお福は目を伏せた。隙間《すきま》風にまつ毛が悲しげに揺れる。

四人は斬《き》られた後、全裸にされ、腹を切り裂かれて腸《はらわた》を剝《む》き出しにされる、という惨《むご》たらしい殺されようであった。南北町奉行所はあまりの無残さにその様子は伏せていたのだが、こうしたことは得てして漏れるものだ。

読売は夜鷹殺しの陰惨さを書き立て、いつしか殺人鬼を、「切り裂き内蔵助《くらのすけ》」と呼ぶようになった。

内蔵助とは戦国武将佐々成政《さっさなりまさ》の通称に由来する。成政は尾張《おわり》国春日井《かすがい》の国人《こくじん》領主の出身で織田信長《おだのぶなが》に馬廻りとして仕え、武勇に優れていたことから黒母衣衆《くろほろしゅう》に選ばれた。

その後、数々の武功により越中《えっちゅう》国の領主となるが本能寺《ほんのうじ》の変の後、羽柴秀吉《はしばひでよし》と対立、やがて秀吉の軍門に降《くだ》った。九州平定後、成政の武勇を評価していた秀吉から肥後《ひご》一国を与えられる。

肥後は国人領主たちの結束が固く統治の難しい土地柄であったため、秀吉は強引な検地は行わぬよう命じた。しかし、成政は石高を把握するために検地を実施し、国人たちに一《いっ》揆《き》を起こされる。その上、討伐に手間取ったため、秀吉の勘気を蒙《こうむ》り切腹を命じられた。

成政は秀吉への憤《いきどお》りを示すかのように腹を真一文字に切り、臓腑《ぞうふ》を摑《つか》み出して天井に投げつけた、と伝わる。この臓腑摑み出しが今回の辻斬《つじぎ》り騒ぎに重ねられ、更には赤穂《あこう》浪士大石《おおいし》内蔵助が切腹した事実も相まって、「切り裂き内蔵助」と呼称され、流布《るふ》しているのである。

「切り裂き内蔵助を捕縛してくれ、と申すのか」

但馬の言葉に、

「お縄にせず、斬ってください」

と、お福は強い口調で返した。

但馬はお福を見返す。

「しかし、町奉行所が動いておるのではないのか」

町奉行所が真面目《まじめ》に対処していないのでは、と思いながらも但馬は確かめた。

「北の御奉行所が担当なさっておられるんですけど……」

お福は言葉を詰まらせた。

「動かぬのか」

但馬は問いを重ねた。

理由は予想できる。殺されたのが夜鷹だということで、まともに取り合わないのだろう。

「読売でこれだけ騒いでおるのだ。町奉行所でも町人の声を無視はできまい」

但馬に言われたお福が悔しそうに答える。

「一応、形ばかりの探索は行われたんですよ。けれど、通り一遍の聞き込みでお茶を濁した程度なんです」

夜鷹が春をひさぐのは夜更けで、人通りも少なくなっている。それゆえ、目撃者はいな

かった、とろくに調べもしないで北町奉行所は探索を済ませてしまい、

「早々に御蔵入り扱いにしたそうです」

お福はため息を吐《つ》いた。

「それが本当だとしたら、ひどい手抜きだな。いや、手抜きを通り越して、怠慢と言えるではないか」

但馬も怒りを覚えた。

「そうなんですよ～」

お福は眉根を寄せた。

ふと、但馬は、

「ところで、どうしてそなたが、切り裂き内蔵助を斬れ、と頼むのだ」

根本の疑問を口にした。

お福は虚空《こくう》を見つめ、

「あたしも夜鷹だったんです」

と、打ち明けた。

「そうか……」

薄々気づいてはいたが本人の口から聞いて納得できた。

問わず語りに話したところでは、お福は現在三十五歳、上総《かずさ》の漁村に生まれた。父親は漁に出た際に波に呑《の》まれて、お福が十《とお》の時に亡くなった。その後、母親に育てられたが、その母親はお福を捨て、流れ者の博徒と一緒に家を出ていってしまった。

十三歳で一人ぼっちとなったお福は、地元の寺の住職の紹介で江戸の縮緬《ちりめん》問屋に女中奉公に出た。

懸命に働いた甲斐があり、二十歳《はたち》で店の手代と所帯を持った。手代はいつか暖簾分けをしてもらって店を持つことを夢見ていた。お福も共感し、夫婦は力を合わせて頑張った。こつこつ金を貯めたが、やがて亭主は博打《ばくち》を覚え、貯めた金を使い果たし、それどころか借金まで作った。

借金のかたにお福は岡場所に売られた。お福の不幸はそれに留《とど》まらなかった。奉公した岡場所が火事になったのだ。変わった先の店も火事になった。

お福は不吉な女という烙印《らくいん》を捺《お》され、

「女郎も失格になってしまいましてね」

二十七の時、生きてゆくには夜鷹になるしかなかった。

それから八年、しゃにむに働いて貯めた百両でこの店を出した。幸い、小料理屋は繁盛し、やっと暮らしは安定してきたという。店名の女郎花はお福の半生を物語っているようだ。殺された夜鷹は、他人事《ひとごと》ではないのだろう。

お福の波乱に満ちた身の上話を聞き、但馬は胸が塞《ふさ》がった。

「殺された夜鷹の中には、お咲《さき》さんといって、親しくしていた人もいたんですよ」

お福は言った。

「辛《つら》いことが重なったものだな」

但馬の言葉にお福は涙ぐみ、お咲について語り始めた。

二

「お互い、過去は語りませんでした。そりゃ、そうですよね。夜鷹に落ちた女同士、幸せな暮らしをしてきたはず、ございませんもの」

詳しくは語らなかったものの、お咲は時折、息子《むすこ》の名前を口にしたそうだ。どういう事情かわからないが、生き別れとなり、その息子との再会のみを夢見ていたという。

「夜鷹だって人ですよ。それを虫けらのように殺した上に切り刻むなんて、切り裂き内蔵助は人じゃございません」

お福は激しい怒りに身を震わせた。

但馬はお福に酌をしてやった。お福は気持ちを静めるように酒を一口啜《すす》ると、取り乱したことを詫《わ》びた。

「話はわかった。ところで、そなた、北町の動きに、やけに詳しいな」

ふと、覚えた疑問を投げかけた。

「ええ……それは……」

と、お福は戸口に目をやった。

「誰か来るのか」

但馬が訊《き》いたところで、戸口に人影が立った。

お福は立ち上がり、

「どうぞ、お入りになって」

と、声をかけた。

月明かりに浮かぶ人影は身形《みなり》からして八丁堀同心《はっちょうぼりどうしん》であった。こちらに歩いて来る間に、

「北町の川田三津五郎《かわだみつごろう》さまです」

と、お福が但馬に教えた。

川田は座敷の上がり口で腰を折り、

「北町の川田と申します。勝手ながら荻生さまとお話をさせて頂きたいのですが」

と、挨拶《あいさつ》をした。

切り裂き内蔵助に関する話であろう。

「構わぬ。上がれ」

但馬は促した。

川田は上がり、但馬と向かい合った。

歳《とし》の頃、四十前後の練達同心だ。日焼けした浅黒い顔は、口元を緩めているせいで気取りのない八丁堀の旦那、という印象を与える。

「飲まぬか」

但馬が促すと、川田はその前に話をお聞きください、と背筋をぴんと伸ばした。

「お福からお聞き及びかと存じますが、切り裂き内蔵助についてです」

川田は言った。

「うむ」

「わしは、夜鷹殺し、切り裂き内蔵助を探索しました」

しかし、それは上役や朋輩《ほうばい》からは必ずしも評判がよくなかったという。

「ちょっと、待て。その前に、そなたとお福の間柄を聞いておきたいのだが……」

但馬はお福と川田を交互に見た。これには、お福が答えた。

「川田の旦那はそりゃ親身になってくださっているんですよ」

お福によると、夜鷹の頃から、川田のことは知っていたそうだ。川田は夜鷹を守ってくれた。性質《たち》の悪いやくざ者が夜鷹の稼ぎの上前を撥《は》ねるのを阻止していたという。

そんな川田ゆえ、切り裂き内蔵助を許せず、熱心に探索を行ってくれた。

「よくわかった」

但馬は納得して、改めて川田に問いかけた。

「まず、根っこのところを確かめたい。四人の夜鷹殺し、いずれも切り裂き内蔵助の仕業だと決めてかかってよいのか」

「間違いないです」

川田は自信たっぷりに答えた。

「それは、全裸に剝いて腹を切り裂く手口が同じだからか」

但馬が問いを重ねると、

「それもあります」

川田は微妙な言い回しをした。

「うがった見方をすれば、別の者が殺しの手口を真似《まね》ておる、とも考えられる」

但馬の指摘に、

「いかにも、そうも考えられますが、実はもう一点、読売には伏せておりますが、刀傷に共通したものがあるのです」

川田は言った。

「どのような……」

但馬は興味をひかれた。

「四人とも咽喉《のど》を突かれておりました」

川田は自分の喉仏を指差した。

「ほう、咽喉を一突きか」

但馬は想像した。

突きで夜鷹を殺すのは、侍の仕業に違いない。侍以外、たとえばやくざ者が匕首《あいくち》を使って殺しを重ねたとは思えない。匕首で咽喉を突くことはあるまい。胸や腹を狙うはずだ。偶々《たまたま》、咽喉を突いたとしても、四人とも一突きで仕留められることはなかろう。

侍、少なくとも剣を学んだ者が刀を使って殺しを重ねていると考えてよい。

同じ者による仕業という点は納得できた。

「殺しておいて、わざわざ裸に剝き、腹を切り裂く。一体、何故《なにゆえ》であろうな。切り裂き内蔵助は常軌を逸しておる、と言うのならそれまでだが」

但馬は呟《つぶや》くように言った。

「まさしく人とは思えぬ所業でございます。悪鬼の考えておることなど知る由もなく、知る必要もない、とわしは思います。申せることは、悪鬼の如き者に夜鷹がむざむざと殺されていった……野放しにしておけば、今後も犠牲者が出るのは必定、ということです」

川田は声音に怒りを滲《にじ》ませた。

「それは、そうであろうが、町奉行所は及び腰であるな。それは何故であるか。犠牲になっておる者が夜鷹ということで、夜鷹ならば斬られようが切り刻まれようがどうでもよい、という理不尽な考えゆえか」

責めるような口調になってしまったが、川田が悪いわけではない。むしろ、川田はそんな町奉行所にあって夜鷹のために立ち上がった稀有《けう》な存在なのだ。

「いや、すまぬ、そなたは夜鷹のために十手御用《じってごよう》を行っておるのじゃな」

但馬は軽く頭を下げた。

川田は恐縮し、

「わしは力足らずです。町奉行所が下手人探索に本腰を上げないのには、荻生さまがおっしゃったように、殺されたのが夜鷹ということもありますが、それに加えて、切り裂き内蔵助が直参《じきさん》ではないかと思われるからです」

と、言い添えた。

「侍の仕業に違いないとは見当をつけておったが、旗本《はたもと》か……して、そなた、切り裂き内蔵助の目星をつけておるのか」

但馬が確かめると川田はうなずき、

「直参旗本、二千石、大槻修理亮《おおつきしゅりのすけ》さまではと」

と、明瞭な声で答えた。

「大槻修理亮、小普請だな」

但馬は名前だけは知っていた。

「大槻さまは、柳原土手に近い神田相生町《あいおいちょう》に屋敷を構え、剣の腕の立つお方でございます」

「そなたが大槻殿を切り裂き内蔵助と見なしたのにはいかなるわけがあるのか」

「後をつけたのです」

川田は柳原土手の周辺を夜回りし、四人目の犠牲者、お咲が斬られた現場に駆け付けた。

「残念ながらお咲は切り裂き内蔵助の刀の錆《さび》になった後で間に合いませんでした。それでも、殺しの現場近くを歩いている侍が目にとまりました。頭巾《ずきん》を被《かぶ》っており、面相は確かめられませんでしたが後をつけたのです」

切り裂き内蔵助は大槻の屋敷に入っていったそうだ。町奉行所の同心は江戸市中であれば、たとえ旗本であろうと大名の家臣であろうと、乱暴狼藉《ろうぜき》を働けばその場で捕縛できる。しかし、旗本屋敷、大名屋敷に足を踏み入れることはできない。

「間違いなく大槻殿であったのだな」

「申しましたように切り裂き内蔵助は頭巾を被っていたため、顔まではよくわかりませんでした。ですが、昼間確かめましたところ、背格好が間違いなく大槻さまでした。それに加えまして、大槻さまは、剣の名手、特に突きの技には定評があると聞き込みでわかったのです」

川田は興奮して早口になった。

「なるほど、手口も大槻殿が切り裂き内蔵助であると、物語っておるのだな」

勘頼りではない川田の推論に但馬は感心した。

「しかし、これ以上はわしの力ではどうすることもできません。与力さまにも報告しました。御奉行から、大槻さまの取り調べができるという御老中に上申して欲しい、と頼んだのです。ですが、一向に動いてくれませぬ」

川田は歯嚙みした。

ここでお福が、

「相手が直参じゃ、町方は手出しできませんよ」

と、嘆き、理不尽だと言い添えた。

「そんなことはない。奉行が本気になれば、大槻殿を評定所に呼び出し、吟味を加えることは可能だ」

但馬の言葉に川田はうなずきながらも、

「御奉行が動かれないのは、わしの勘繰りかもしれませんが、大槻さまが大奥御年寄《おとしより》、三《み》橋《はし》さまの弟御でいらっしゃるからではないかと思います」

と、嘆いた。

大奥年寄は大奥の実務を担う最高実力者、幕政を担う老中と同格である。町奉行が相手にできるはずもない。

「なるほどな」

但馬は内心で舌打ちした。川田の推察通りであろう。

「それで、通り一遍の聞き込みで一件を御蔵入扱いにしたのです」

情けない、と川田はぼやいた。

但馬が黙っていると川田は更に訴えかけた。

「御蔵入りになったからには、是非とも荻生さまのお力で大槻修理亮さまに罪を償わせて欲しい、と思いまして、回りくどいようですがお福から訴えてもらったのです。わしも北町同心の端くれですので、さすがに表立っては頼み辛く……」

川田はお福を見た。

「川田の旦那はご自分の手で切り裂き内蔵助をお縄にできないことを深く詫びられました。旦那から御蔵入改さまのことを聞きまして、あたしは藁《わら》にもすがる思いでお願いしようと考えたのです」

改めてお福は真摯《しんし》な表情で但馬に頼んだ。

「二人の気持ちはわかった。大槻殿が切り裂き内蔵助であるのなら、放ってはおけぬ。さりながら、大槻殿はまこと切り裂き内蔵助に間違いないのか」

但馬は念を押した。

「間違いございません」

川田は微塵《みじん》も疑っていない。

「そなたがそれほど申すのなら、疑いたくはないが、引き受けるからにはまず一から調べたい」

但馬の申し出に川田がうなずき、

「荻生さまにお任せ致します」

と、受け入れると、お福も異を唱えなかった。

「ところで川田、緒方小次郎《おがたこじろう》を存じておるな」

緒方小次郎は御蔵入改に加わっているが、北町奉行所の定町廻《じょうまちまわ》りであった。正義感の強い小次郎は定町廻り、臨時廻りの同心たちが有力商人や博徒から袖の下を受け取る悪《あ》しき慣習を正さんとして、奉行所内で反感を買い、定町廻りを外されてしまった。

そうした事情に思いをめぐらしてか、

「緒方の味方になってやれなくてすまなく思っております」

川田は唇を噛んだ。

「緒方には任せるわけにはまいらぬか」

但馬は言った。

「緒方には合わせる顔がないのですよ」

川田は正直に思いを吐露した。

「根に持つ男ではないと思うが……」

但馬の言葉を受け入れながら、

「いずれ、緒方とはじっくり話します。そうだ、今回の一件を機とします」

但馬の顔を立てるように川田は返した。

「よかろう」

但馬は弾みをつけるようにぐいっと酒を飲んだ。

それから、

「夜鷹たちは最近どうしておるのだ」

ふと気になって問いかけた。

お福が、

「そりゃ、おっかなくて商売なんてできませんよ。夜鷹にも縄張りってものがありますのでね、柳原土手界隈《かいわい》が危ないからといって、他の町で商売はできないんです」

だが、切り裂き内蔵助への恐怖を抱きながらも客を取ろうと出ている者もいるそうだ。

「でも、客だっておっかないでしょうしね。ほとんど来なくなってしまって、そりゃもう、迷惑ったらありゃしませんよ」

お福は嘆いた。

よくわかる。

今のところ、客に被害は及んでいないが、いつ切り裂き内蔵助が襲いかかってこないとも限らない。自分も夜鷹と一緒に殺されて、腹を切り裂かれるんじゃないかと怯《おび》えている男も珍しくはなさそうだ。

「無理もないんですけどね」

お福は肩をすくめた。

「できる限り、わしも夜回りをしておるのですが」

とても回り切れない、と川田は言い添えた。

「それはそうであろうな」

納得できることである。

川田は自分ができる精一杯のことを行っているようだ。

「ほんと、川田の旦那には頭が上がりませんよ」

篤《あつ》い信頼の目でお福は川田を見た。

「いや、力が至らないせいで、大槻さまを捕縛することができないのだ」

悔しそうに川田は顔を歪《ゆが》めた。

「無念は荻生さまが晴らしてくださいますよ。ねえ、荻生さま」

お福に言われ、

「そうだな、大漁と鯉の洗いの礼をしなければならぬ」

但馬は言った。

「畏《おそ》れ入ります」

お福は頭を下げると小上がりから出た。

但馬も腰を上げる。魚籠に残った魚はお福にやることにし、縁台に置いた魚籠を取り台所に入った。お福は川田のために酒を用意していた。

残りの魚を受け取るよう言うと、お福は満面に笑みをたたえた。

「ああ、そうだ。御蔵入改方への礼金を忘れていましたね」

「いや、気にせずともよい」

但馬は遠慮した。

銭金《ぜにかね》のために引き受けたのではない。いや、むしろ、銭金に惹《ひ》かれてやりたくはない役目だ。

しかし、お福は棚に向いて背伸びをした。棚の一番上にある壺《つぼ》を取ろうとしている。

「よしよし。わしが」

但馬が代わって壺を取ってやった。ずしりと重く、お福に渡す時にじゃらじゃらという音が聞こえた。

「やっぱり踏み台に乗らないといけませんね」

台は台所ではなく店の隅に置いてあるという。お福は壺を抱えて土間に戻ると縁台の上にそれを置いた。

「夜鷹たちから預かっているんですよ」

懇意にしている夜鷹から、稼ぎのうちのいくらかを預かって壺に入れているのだとか。夜鷹ごとにお福は帳面をつけ、いくら預けられているのかきちんと管理している。患ったり、夜鷹を辞めた後の暮らしのために、とお福が夜鷹たちを説得し、少額ずつでも預けさせていた。

「お咲さん、一番預けていたんですよ。もう少しで五十両だって、頑張っていましたね」

商売を終えるとお咲は女郎花に寄って酒を一杯飲んだ。それが一日の区切りであった。

「お金を貯めて、身形を調えて……息子に会うのを夢見ていたんじゃないでしょうかね。近頃では、お金を預けるのが楽しそうで、お酒を飲むより先に自分で壺に入れていましたよ。ああ、そうそう。お咲さん、背が高かったんでね、あたしを煩わせないように気遣ってくれて……」

お咲は台に乗らなくても棚の上から壺を取れたそうだ。

「わざわざ、高いところに置いておるのは盗人《ぬすっと》に用心してか」

但馬の問いかけにお福はうなずく。

「以前は台所の床に置いておいたんですよ。梅干しとか塩とか醬油《しょうゆ》を入れている壺と並べてね。そうしたら、先月、盗人に入られて……幸い、壺には気づかれず金は盗まれなかったんですけど、お咲さんが用心のためだって棚の一番高いところに置いてくれて」

取り出すための台は店の土間に離して置くようにしたそうだ。

「夜鷹の涙の集まりだな。やはりそんな金は受け取れぬ」

但馬は言い置くと女郎花を後にした。

三

明くる四日の昼、但馬は柳橋《やなぎばし》に軒を連ねる船宿の一軒、夕凪《ゆうなぎ》の二階で三味線《しゃみせん》を弾いていた。朝から雨が降り続く梅雨らしい日和《ひより》だ。

三味線の音色に屋根を打つ雨音が重なり、鬱陶《うっとう》しい天気に風情を漂わせている。

開け放たれた窓からは雨脚が水面を乱す大川が眺められた。菰《こも》を掛けた荷船が行き交う隙間を縫うように吉原《よしわら》に向けて猪牙舟《ちょきぶね》が進む。

目当ての女に来店を請う文でも貰《もら》ったのか、梅雨なら客足が遠のいてモテるだろうと算段しているのか、傘を差し、雨をものともせず吉原を目指す男たちに、

「しっかりやれ」

と、但馬は三味線に合わせて声援を送った。

梅雨が明ければ夏真っ盛りだ。大川の川開きが行われる。花火が打ち上がり、川面は舟遊びに興じる屋形船で一杯になる。賑《にぎ》やかになるまで雨の風景を楽しむかと、但馬は三味線と撥《ばち》を置いた。

そこへ、夕凪の女将《おかみ》、お藤《ふじ》が階段を上ってきた。

お藤は三十路《みそじ》に入った大年増、五年前に亭主と死別し、亭主の残した船宿を女手一つで切り盛りしている。見惚《みほ》れるような美人ではないが、愛想が良く話上手とあって客の評判は上々だ。

「皆さん、お集まりですよ」

お藤は御蔵入改方の面々がやって来たことを告げた。但馬はわかったとお藤に告げ、三味線と撥を手渡した。お藤はそれらを持ち、階段を下りていった。

入れ替わるように男が入って来た。

北町奉行所元定町廻り同心、緒方小次郎である。目鼻立ちが整った彫りの深い顔立ちは、筋を通す誠実さと折り目正しさを伝える一方、融通の利かない一徹者という印象も与える。

先述の通り、そうであるがゆえに定町廻りを外されてしまった。籍は北町奉行所に留め置かれたものの、御蔵入改方に出向の身となっている。

働き盛りに北町奉行所を干された二十七歳の小次郎は、御蔵入改方で働き場所を得て、ここに生き甲斐を見出《みいだ》しているのだ。

小次郎は但馬に一礼し、部屋の隅に端座した。

続いて女が上がって来た。

髪を結わず、洗った時のままに下げた、いわゆる洗い髪を鼈甲《べっこう》の櫛《くし》で飾っている。水茶屋の看板娘に多い、伝法な髪型である。着物も薄紅地に紫陽花《あじさい》を描き、紫の帯を締めるといった派手な装いで、素足の指には紅を差していた。紅を引いたおちょぼ口が艶《なま》めかしい。

お紺《こん》は但馬が長崎奉行を務めていた頃、旅芸人一座に属す傍らすりをしていた。慕う但馬が江戸に戻ると、追って来て御蔵入改に加わった。すりからは足を洗っているが、御蔵入改の役目遂行のために熟練の技を使う。

小次郎の左横に進み、お紺は立膝《たてひざ》をついて座ると洗い髪をかき上げ、但馬に辞儀をした。湿った空気にお紺が醸《かも》し出す、甘い香《か》が滲んだ。

お紺の次は喜多八《きたはち》である。

幇間《たいこもち》らしく頭を丸め、紫地の小袖を尻はしょりにし、真っ赤な股引《ももひき》を穿《は》き、派手な小紋の羽織を重ねている。扇子をぱちぱちと開いたり閉じたりして落ち着きがない様は、幇間の軽さを示していた。

「ど〜も」

雨には不似合いなからっと陽気な声で挨拶をすると、喜多八はお紺と向かい合わせに端座した。

最後は力士のように大柄な男だ。

南町奉行所元臨時廻り同心大門武蔵《だいもんむさし》である。

巨体を包む黒紋付、白衣帯刀、八丁堀同心らしく羽織の裾《すそ》を捲《まく》り上げて端を帯に挟む、いわゆる巻き羽織姿は様になっている。四十二の厄年ながら全く意に介さず、不摂生を改めることはない。

小次郎と同様、南町奉行所から干されたのだが、理由はというと、小次郎のように正義感に駆られてのものではない。賭場《とば》の一斉摘発の際、懇意にしている博徒との仲を責められて臨時廻りをお役御免になったのである。町奉行所の同心たちが特定の博徒たちと懇意にしているのは公然の秘密だ。罪人を追う際、博徒たちからの情報は欠かせない。情報を得る見返りとして賭場の手入れ日を漏らしてやる。そのことでいくらか袖の下を貰うのはいわば役得であった。

武蔵は見せしめのための生贄《いけにえ》にされた、と憤っている。子沢山の武蔵は、自分の飲み代と家族の暮らしのためと割り切って御蔵入改に加わった。従って、銭金にならない役目は引き受けたがらない。

巨体を揺さぶりながら武蔵は、小次郎の向かいにどすんとあぐらをかいた。小次郎が一礼したのに知らん顔である。

「揃《そろ》ったな」

但馬は皆を見回した。

四人は但馬を向いた。

但馬はおもむろにお福の依頼事を語り始めた。

柳原土手での夜鷹殺しは四人とも知っていた。その下手人を但馬が捕縛、もしくは斬る、と言うと、

「礼金は……」

真っ先に武蔵が報酬を話題にした。

それに便乗するように喜多八が、

「切り裂き内蔵助、実は御直参となりますと、こりゃ厄介でげすよ。御奉行所じゃ手出しできない分、お手当も弾んでくださるんでげすよね、依頼主さんは」

と、期待に声を弾ませた。

「礼金の話は後でする」

穏やかな表情ながら但馬はきっぱりと釘《くぎ》を刺した。

「そうでげすよね。まずは、お役目をしっかりと聞かなきゃいけません。こりゃ、すみませんでした」

扇子で自分の額をぱちんと叩《たた》いて喜多八は詫びた。

但馬は咳払《せきばら》いをして話を続けた。

「先に述べたように、北町の川田三津五郎は直参旗本大槻修理亮に疑いの目を向けておる」

すると武蔵が、

「その、川田三津五郎って同心、信用できるのか。ちゃんとした探索ができるんだろうな」

同僚の小次郎にではなく、喜多八に向かって疑念を口にした。

「やつがれに聞かれましてもね……」

困った顔で喜多八が返事をすると、

「極めて優秀、誠実無比の御仁です」

小次郎が答えた。

喜多八が、

「緒方の旦那がおっしゃるんですから、間違いないんでげしょう」

と、うなずいた。

「川田殿は地道に足で探索を重ねるお方だ。生真面目《きまじめ》で、弱い者の味方といった義俠心《ぎきょうしん》にも富む」

小次郎は言葉を添えた。

「そりゃ、八丁堀同心の鑑《かがみ》ってところだな」

武蔵は言った。

からかうような皮肉めいた物言いはいかにも武蔵らしい。

但馬は鷹揚《おうよう》に皆を見回してから言い切った。

「まずは、大槻修理亮という男についてわしの目で確かめる」

誰も異存はない。

「それで、あたしたちは何を」

お紺が申し出た。

「今夜から手分けして夜回りをする……いや、この雨だ。夜鷹も春をひさぐまい。従って切り裂き内蔵助も出没することはなかろう。雨上がりの晩からと致そう」

但馬はここで言葉を区切り、武蔵と喜多八に視線を向けた。

やっと礼金が示されるのだろうと武蔵は身構え、喜多八は揉《も》み手《で》をした。

「今回は、礼金はない。参加したくないのなら、それでよい」

但馬は淡々と告げた。

武蔵は、

「おれは乗り気になれねえな」

と、憮然《ぶぜん》と言い放った。

「うむ、そうか」

但馬は咎《とが》めなかった。

喜多八が、

「やつがれは、非力ですんで足手まといになるだけでげしょう。それにこのところ、お座敷が入ってますんで……」

と、申し訳なさそうに断りを入れた。

これにも但馬はうなずき、

「お紺もよいぞ。危ないからな」

と、気遣ったが、

「あたしゃ、誰かさんのように銭金で役目を選んだり、怖気《おじけ》づいたりしませんよ。ああ、そうだ、夜鷹の格好をして、歩いてみましょうかね」

断るどころか、お紺は囮《おとり》を買って出た。

すかさず、

「いくら何でも、それは危ない」

小次郎が制した。

それでも、

「そんなことを危ぶんでいたんじゃ、切り裂き内蔵助はおびき寄せられませんよ」

気丈にもお紺は洗い髪を手櫛で梳《す》いた。

「大した度胸でげすね」

喜多八が舌を巻いた。

四

三日後、雨は上がり、但馬は羽織、袴《はかま》に身を包み、神田相生町にある大槻修理亮の屋敷を訪れた。

革袋に入れた西洋剣、サーベルを持っている。番士に素性を告げ、大槻へ取り次いでもらった。取り次ぎの際、「お手合わせ願いたい」とまるで道場破りのような台詞《せりふ》を添えた。

大槻の剣への好奇心を誘ったのである。

思惑通り、但馬は御殿の客間に通された。

程なくして大槻修理亮がやって来た。紺の道着に身を包んだ大槻は意外にも小柄であった。五尺（約一・五メートル）そこそこであろう。しかし、がっしりとした巌《いわお》のような身体であり、何よりも全身から湯気が立ち昇るかのように闘志が漲《みなぎ》っている。

道着姿で客の前に出ることを無礼と思わず、むしろ武芸者としての矜持《きょうじ》を示しているようだ。

挨拶の後、大槻の視線はサーベルに向けられた。

果たして、

「荻生但馬殿、貴殿の盛名は耳にしておりますぞ。長崎奉行の頃、阿蘭陀《オランダ》人から西洋の剣術を学ばれ、達人の域に達しておられるとか」

と、早速興味を示した。

「達人かどうかはともかく、学んではきましたな」

但馬が返すと、大槻は問うてくる。

「西洋の剣術は専《もっぱ》ら、突きを主体としておるそうですな」

「いかにも。大槻殿も突きには定評がある、とか」

　但馬の言葉ににんまりとしつつ、

「わしは、一撃必殺を以《もっ》て、剣の極意と考えております」

　大槻は堂々と言った。

「その心は……」

　但馬は問いかける。

「ご存じの如く刀は刃こぼれする。何人も斬れるものではない。しかし、突きならば刃こぼれもなく、たとえ甲冑《かっちゅう》に身を包んでおろうと、咽喉は弱点である。そこを突けば、一撃で仕留められるのだ」

　大槻は突きの格好をした。

「そうですな」

　但馬が賛同したと思ったか、大槻は持論を展開した。

「元禄《げんろく》の頃、浅野内匠頭《あさのたくみのかみ》が吉良上野介《きらこうずけのすけ》に刃傷《にんじょう》に及びましたな。あれは、浅野の武芸未熟を表しております。松の廊下、武器と言えば脇差《わきざし》のみ、脇差で相手を仕留めるのなら、斬りかかっては駄目です。大勢の者に囲まれ、しかも、刀を抜いたら即切腹というのが法度《はっと》、つまり、死を賭した行いであるからには吉良を仕留めなければならなかったのです。それなのに、脇差で斬りつけるとは武芸のイロハすらもわかっておらぬ未熟者、刺せば……刺し違える覚悟で刺す……さすれば吉良を仕留めることができた。詰まるところ、赤穂浪士どもの討ち入り騒ぎもなかったのだ」

語るうちに大槻の目に常軌を逸した色が宿った。

「お説、ごもっともですな。その代わり、『仮名手本忠臣蔵《かなでほん》』の浄瑠璃《じょうるり》や芝居を楽しむことはできなかったでしょうが」

但馬の考えを聞き、大槻は何か言いたそうであったが口ごもり、次いでサーベルを見たいとねだった。

「よろしい」

快く応じ、但馬は革袋からサーベルを取り出した。

鞘《さや》と柄《つか》は黄金に輝き、柄と鍔《つば》をつなぐ枠が付いている。但馬はサーベルを鞘から抜いた。日輪の光を受け眩《まぶ》しい煌《きら》めきを放つ刀身に反りが少ないのはサーベルならではであった。

大槻の目が爛々《らんらん》と輝いた。物珍しい玩具を前にした子供のようだ。

「どうぞ、持ってみてください」

但馬は柄を差し出した。

「かたじけない」

大槻は両手で受け取ると、両手で柄を握ろうとしたが、鍔からのびる枠が邪魔をしてう

まくいかない。但馬は立ち上がり、

「西洋の剣は右手だけで持つのです」

と、サーベルを取り戻し握ってみせた。

「ほう……」

興味津々《しんしん》の目で大槻は見入る。

但馬が西洋剣術の構《かまえ》を取る。

但馬は右手を突き出し、左手は腰に添えて静かに腰を落とした。

大槻は但馬の所作をじっと見つめていたが、やがて自分も刀で但馬同様の構を取った。

が、

「う〜ん、これは随分と勝手がちがいますな」

と、刀を鞘に戻し、熱心に様々なことを聞いてきた。西洋の剣術にも流派はあるのか、二刀流の使い手はいるのか、何人くらい斬ることが、いや、突き殺すことができるのか等々、矢継ぎ早に質問を投げかけてくる。

答えられる範囲で但馬が応対すると、大槻は剣の話に没入した。

「なるほど、西洋の侍どもの武芸も日本に劣らぬようですな。武芸の鍛錬、武士の魂は日本も西洋も変わりがないということか」

大槻は感心しながら合点した。
但馬がうなずいたところで、
「試してみませぬか」
問いかけながら大槻はすでにその気になっている。
但馬が返事をする前に濡れ縁に出た。次いで、
「人形《ひとがた》を持て！」
と、叫び立てた。
家来が藁で作られた人形を持って来た。
それを庭に立てる。
大槻は足袋《たび》を脱ぎ、素足で庭に降り立った。
次いで、抜刀し、腰を落とすや突きの構を取る。
両目を吊《つ》り上げ尋常ではない殺気を漲らせ、
「死ね！」
野獣めいた咆哮《ほうこう》を放つと大槻はすり足で人形との間合いを詰め、両腕を突き出した。
切っ先が人形の喉元を貫いた。
と、間髪《かんはつ》を容《い》れず、大槻は刀を引く。

刀で突かれたにもかかわらず、人形は置いたときのままの姿で立っている。一点の突きに力が集中している証《あかし》であった。

人であったなら、呻《うめ》き声《ごえ》を上げることすらできずに即死であろう。

「お見事」

思わず、但馬は称賛の言葉を発した。

表情を落ち着かせ、大槻は一礼すると納刀し、

「荻生殿……」

と、但馬にも試し斬りならぬ試し突きを求めた。

静かに首肯し、但馬も裸足《はだし》になって庭に降りた。庭を横切り、大槻が構えた位置に進む。

大槻は離れた場所に移動し、但馬の動きを見守った。

「では……」

但馬は右手でサーベルを構え、人形に視線を向ける。右手を突き出し、左手を腰の横に置いたまま横向きとなって蟹《かに》のような足取りで間合いを詰め、

「やあ！」

裂帛《れっぱく》の気合いと共にサーベルで人形を突いた。切っ先が大槻によって貫かれた穴に寸分違《たが》わず差し込まれる。

但馬はそのままの姿勢でしばし止まった後、大槻を見てからサーベルを元に戻した。

大槻も但馬を褒め上げた。

「いやいや、どうして、大槻殿の手練《てだ》れぶり、まさしく瞠目《どうもく》に値しますぞ」

但馬は返したが、決して世辞ではない。大槻の腕は見事である。しかし、大いなる危うさも感じさせる。やはり、常軌を逸したような目つきであった。尋常ではない男だ。

「荻生殿、西洋の剣、わしには向いておらぬようじゃ。だが、至極興味を惹かれる。まったくのう……そう、修行するよりは対決してみたい」

大槻は但馬を見た。

但馬は黙って見返した。

すると、大槻は声を上げて笑い出した。

但馬も笑い、

「それほどの腕前なら、実際に試したくなるのではございませぬか」

と、何気ない様子で問いかけた。

「それは」

大槻はぎろりとした目を但馬に向けてきた。

但馬は目元を緩め、

「いや、何、大した意味はござらぬ」

と、取り繕うように返した。

「いや、おっしゃりたいことはわかる。実際、わしは、何のために必殺剣の腕を磨いたのか、それは武芸として終わらせていいものなのか、はなはだ疑問を感じておる。貴殿はどうか」

大槻に問われ、
毅然《きぜん》と返した。

「武芸の領域にのみあるべきものと思いますぞ」

「それでは、机上の空論となろう」

大槻は抗《あらが》った。

「そうは思いませぬ。武士たる者、剣の修練とは技と魂を磨くものです」

但馬の主張を、

「きれいごとですな」

大槻は一笑に付した。

「なるほど、きれいごとかもしれませぬ。ですが、わしはきれいごとを貫こうと考えておるのです」

胸を張って但馬は大槻邸を後にした。

五

あいにく二日に亘《わた》って雨が降り続いた。

梅雨の最中《さなか》、当分は止《や》まないかと思われたが、十日の昼になると雨が止んだ。好天ではないが、薄曇りの昼下がりとなった。

その日の夜五つ（午後八時）、御蔵入改は柳森稲荷《やなぎもりいなり》に集まることになった。

生真面目な小次郎は早めにやって来た。地味な黒小袖に裁着け袴《たっつけばかま》、額には鉢金《はちがね》を施している。

「早いな」

但馬は声をかけた。

小次郎は一礼し、

「大槻殿にお会いになられて、いかがでございましたか」

と、静かに但馬へ問いかけた。

「頭の中には剣しかなく、そして、湧き上がる剣への情熱を必死で押し込めているかのような御仁であるな」

　但馬は大槻と面談し、人形を使って突きの実演をしたことを語った。

「怖いお方でござりますな」

　小次郎は唇を噛んだ。

　それから、

「先だっての船宿でも、出がけにお頭に確かめましたが、いざとなったら斬ってもよろしいのですな」

　小次郎は念を押した。

「構わぬ。切り裂き内蔵助は直参旗本でありながら人にあらず、だ」

　強い意志を込めて但馬は許した。

「承知！」

　但馬の決意に応えるように小次郎は強い調子で返した。

　すると、夜鷹が鳥居を潜《くぐ》って入って来た。

「今宵は、危ないぞ……」

　気遣う小次郎だったが、

「む……」

と、まじまじと夜鷹を見つめた。

夜鷹は咥《くわ》えていた手拭《てぬぐ》いの目元をちらりと上げた。

「あたしですよ」

お紺であった。

「そうか……夜鷹に扮して切り裂き内蔵助をおびき寄せようというのだな。しかし、それは危ないのではないか」

小次郎はお紺が夜鷹に扮することを危ぶんだ。

「ご心配なく……巧《うま》く立ち回りますから」

小次郎を安心させようとしてか、お紺はあっけらかんとした口調で返した。

「そうは言っても……」

小次郎はなおもお紺を押し留めようとした。

「緒方の旦那、心配性が過ぎますよ」

お紺は笑みを浮かべた。夜鷹の格好をしているせいかひどく妖艶《ようえん》に見えた。

「なに、切り裂き内蔵助と遭遇したら、さっさと逃げますって。あたしゃ、逃げ足は速いですからね」

お紺の言葉に小次郎はまだ異を唱えようとしたが、

「とにかく細心の注意を払え。少しでも危ないと感じたら呼子《よぶこ》を鳴らせ。たとえ、切り裂き内蔵助ではなかったとしても構わぬ」

間に入った但馬がお紺に命じた。

「わかりました」

お紺が承知したので、小次郎もようやく黙った。

但馬は小次郎とお紺に割り当て地域を指示した。

彼らは神田川を挟んだ両河岸をゆくことになった。但馬は神田相生町界隈を巡回する。相生町には大槻の屋敷があるからだ。

夜の闇《やみ》の中に夜鷹の姿はない。

さすがに、恐怖に身をすくめ、用心して商売を控えているのだろう。

お紺は土手の柳の陰に身を潜めた。

口に咥えた手拭いが湿った夜風にひらひらと靡《なび》く。しんと静まり返る闇の中、神田川のせせらぎが耳に届き、静寂を際立たせている。

柳原土手の下、柳原通りには莚掛けの小屋が建ち並んでいる。いずれも古着屋だが、夜の帳《とばり》が下りる中、ことごとく店仕舞いをしている。

切り裂き内蔵助を取り調べた際、北町奉行所は殺害現場が柳原土手ということで、古着屋に聞き込みを行った。下手人が出没する刻限、古着屋は営業していないのだから、目撃情報が得られなかったのは当たり前である。

北町奉行所とて、そんなことは百も承知で聞き込みを行ったのだろう。読売が騒ぎ、それに乗せられた町人たちの不平、不満の声に対し、形ばかりの聞き込み、取り調べを行ったに過ぎない。

猫の子一匹出入りしていない森閑とした古着屋の群れの様子が、北町奉行所の切り裂き内蔵助への対処方法、おそらくは大槻と大槻の姉、大奥御年寄、三橋への及び腰を物語っているようだ。

お紺は政《まつりごと》への怒りを覚えながら夜鷹たちを哀れんだ。四人が柳原土手の何処《どこ》で殺されたのかはわからないが、両手を合わせ、冥福《めいふく》を祈る。

周囲に注意を向け、神経を研ぎ澄ませた。

すると、柳原土手を上る足音が聞こえてくる。足音は土手を覆う下ばえを踏みしめるものだった。

緊張に包まれながらお紺は振り返った。

男が土手を駆け上がって来た。

肩で息をする町人である。印半纏《しるしばんてん》に腹掛け、股引という姿からして大工のようだ。漂う酒臭い息を、お紺は手で払った。

「よお、いくらだよ」

大工はお紺と枕を重ねようとしているらしい。

迂闊《うかつ》にも、夜鷹の仕事をすることになろうとは想定していなかった。切り裂き内蔵助と遭遇することばかりを考えていて、自分を買おうとする男がいるとは思ってもいなかったのだ。

「へへへっ、このところ雨続きだったけどさ、今日は雨が上がって、しばらくぶりで日当が入ったんだ。酒をかっくらってこのまま帰るのも勿体《もったい》ねえからな」

酔いでいい気分になっているせいかぺらぺらと能天気に語った。

「兄さんさ、怖くないのかい」

お紺は意地悪く尋ねた。

「怖いって……かかあのことかい。かかあが怖くて女と遊べるかってんだ」

粋がって大工は言い放った。

お紺は内心で苦笑しながら、

「女房じゃなくって切り裂き内蔵助だよ」

と、声を大きくした。

「切り裂き……なんだ、そりゃ……あ、そうか、辻斬りってこの辺りに出るんだったっけ」

大工は周囲を見回した。

「そろそろ出る頃合いじゃないかね」

お紺も周りに視線を這《は》わせた。

「そんな……幽霊じゃあるめえし、そんな奴《やつ》が怖くて……」

大工の口調は弱々しくなった。

「やっぱ、兄さんも怖いのかい」

お紺は大工の胸の内に踏み込んだ。

「怖くなんかねえ！」

見栄を張って大工は大きな声を上げたが、

「あそこに」

お紺が男の背後を指差すと、

「ひえ〜」

と、悲鳴を残して逃げ出した。柳原土手を一目散に駆け下りる。酔いと下ばえに足を取られ、大工は転倒した。絶叫しながら土手を転がり落ち、尻をさすりながら這いつくばるようにして両国方向へ進んでいった。

お紺はくすりと笑った。

何時《いつ》の間にか、雲が月を隠している。闇夜となり、お紺は背中に薄ら寒さを感じた。

小さくため息を吐き、柳原土手をゆっくりと歩き出す。

湿っぽい風に包まれ、ぞわりとした気が背中を這い上っていく。

すると、微《かす》かに足音がした。

そっと、お紺は背後を振り返った。

誰もいない。

気のせいかしら。

気が立っているのかもしれない。お紺は柳の木にもたれかかった。闇に閉ざされた空間からひたひたと足音が迫ってくる。錯覚ではない確かな足音だ。

しかも、すり足のようだ。武芸者が間合いを詰める際に使う足の動き、すなわち侍が近づいて来ている。

次の瞬間、真っ黒な影が目に映った。

悲鳴を上げそうになるのを堪《こら》え、帯を手探りする。呼子を探す。しかし、間に合わない。

下駄を脱ぎ捨て、お紺は走り出した。

連日の雨で地べたはぬかるんでいる。泥が跳ね、着物の裾が絡まって走りにくいが、そんなことは気にしていられない。

走りながら呼子を探すと、どうにか指先に当たり、急いで取り出す。息を弾ませながら呼子を口に含んだ。

震える唇でどうにか吹く。

しかし、息が弱く、蚊の鳴くような音にしかならない。恐怖心がこみ上げるのを我慢し、思い切って立ち止まると胸一杯に吸った息を吹き込んだ。被っていた手拭いが夜風にふわりと飛び、神田川へ舞い落ちる。

鋭い呼子の音が闇を切り裂いた。

気勢を削《そ》がれたように影が立ち止まった。

が、それも束の間のことで、すぐに気を取り直したようにお紺に迫る。

お紺は再び走り出す。

しかし、泡を食って、前のめりに転んでしまった。出没してもいない切り裂き内蔵助に怯えて土手を転げ落ちた大工を笑えない。

したたかに膝を打ち、頭の芯《しん》まで痛みが走った。着物は泥まみれだ。お紺は尻餅《しりもち》をついた格好で後ずさった。

影がじわじわと近づいてきた。

六

武蔵と喜多八は柳原通りにある屋台で飲んでいた。

「旦那、やっぱり、切り裂き内蔵助の夜回りをした方がいいんじゃないでげすかね」

喜多八はぐびりと茶碗酒《ちゃわんざけ》を飲んだ。

安価なにごり酒である。

肴《さかな》もスルメを炙《あぶ》ったものだ。しけた飲みになっているのは懐がさみしいからだ。

「馬鹿、ただ働きはな、素人《しろうと》がするもんだ。それか、善人気取りの鼻もちならない誰かさんとかな。そんなことができるか」

暗に小次郎を揶揄《やゆ》し、武蔵は喜多八の額をぱしっと叩いた。

喜多八は顔をしかめながら、

「でも旦那、気になるんでげしょう。だから、切り裂き内蔵助が出没する近くで一杯やっているんじゃないですか」

喜多八が指摘するが、

「偶々だ」

むきになって武蔵は認めない。

「ま、そりゃ、いいんですがね、やっぱり、切り裂き内蔵助、とんでもない野郎でげすよ」

「殺しを重ねるような輩《やから》はとんでもない奴に決まっているさ」

「でも、腹を切り裂くなんて、頭のおかしな野郎でげすよ」

喜多八は肩をすくめた。

「おれが見つけたら、逃がさねえがな」

武蔵はぐいと茶碗酒を呷《あお》った。

「やっぱり、旦那、気になるんじゃござんせんか」

喜多八はしつこく言った。

「ふん」

武蔵は横を向いた。

「今夜あたり、出没するんじゃねえでげしょうかね」

喜多八が言ったところで呼子の音が聞こえた。

途端に、

「旦那、切り裂き内蔵助じゃござんせんか」

喜多八が目を剥いた。

武蔵はぐびっと酒を干した。

「近いですよ」

喜多八の言葉も聞かず、武蔵は勘定を台に置き、立ち上がった。

「旦那……」

喜多八が呼び止めたものの武蔵はとっくに屋台から離れていた。


お紺は土手に尻餅をついたまま手と踵《かかと》で後退し続けた。

影は刀を抜いた。ゆっくりと構え、お紺に迫る。頭巾で隠れ、顔はわからない。ただ、背格好は但馬に聞いた大槻と同じ、五尺そこその短軀《たんく》だ。

お紺は呼子を鳴らし続けた。

そこへ、

「切り裂き内蔵助！」

武蔵の野太い声が響き渡った。

影は刀を鞘に納め、振り返るや脱兎《だっと》の如く駆け出した。

武蔵が柳原土手を駆け上がって来た。

お紺は身を起こした。

切り裂き内蔵助の影は闇に消えていった。

「旦那、恩に着ます」

お紺は礼を言った。

「なに、偶々、通りかかっただけだ。それより勿体ねえことをしたぜ。切り裂き内蔵助に逃げられてしまったな」

悔いるように武蔵は呻いた。

そこへ喜多八がはあはあと息を乱しながら駆け付けてきた。

「お、お、お紺姐《ねえ》さん、だ、だ、大丈夫で……げすか」

ぜいぜい息を吐きながら、喜多八はお紺を気遣った。

「遅いんだよ」

武蔵は喜多八の頭を小突いた。

お紺は喜多八の気遣いに礼を述べた。

「まあ、命に別状なくてよかったでげすよ。洒落《しゃれ》になりませんからね」

息を整え、喜多八は言った。

お紺もほっと安堵《あんど》の息を吐いた。


呼子が鳴った。

小次郎は耳をそばだてた。神田川の対岸だ。お紺が鳴らしているに違いない。

小次郎は土手沿いを走り出した。一番近い橋、筋違橋《すじかいばし》に回り込み、素早く渡る。

と、呼子の音が途切れた。

小次郎は危ぶんだ。

ひょっとして、お紺が斬られたか。

いや、お紺に限ってむざむざとやられるわけがない。と信じて足を速める。橋を渡る最中、再び呼子が聞こえた。

ほっとした後、全身に闘志を込める。

橋を渡り終え、土手を両国方向へと進む。

すると、黒い影が矢のようにこちらへ走って来た。

小次郎は抜刀して待ち構えた。影の正体が明らかになった。やはり切り裂き内蔵助。闇に溶け込むが如く、黒頭巾を被り、全身黒ずくめの格好だ。五尺そこそこの小柄な身体は大槻修理亮を想起させる。

小次郎に気づくや前傾姿勢となって刀を抜き、両手を柄に添えると、突きの構で向かってくる。その凄《すさ》まじい殺気には小次郎でさえも危機感を覚える。

しかし、ひるんではならじ、と小次郎は己を叱咤《しった》し、

「切り裂き内蔵助、覚悟！」

怒声を浴びせるや大上段から大刀を斬り下ろした。

切り裂き内蔵助はものともせず、小次郎の大刀を撥ね上げそのまま行き過ぎていった。

一陣の風のようだ。

切り裂き内蔵助の行方が気になったが、お紺の身も心配である。

小次郎はお紺を探して走った。

しばらく走ると、お紺と武蔵、喜多八らしき姿が、闇夜に陰影を刻んでいた。

「切り裂き内蔵助を見なかったか」

武蔵が問いかけてきた。

「行き合わせたが逃げられた」

小次郎は言った。

「どじめ」

武蔵はくさした。

小次郎は面目ない、と答え、

「これから、大槻さまの御屋敷へ向かう」

と、言った。

「なるほど、大槻だったかどうか確かめるってわけだな。よし」

武蔵は走り出した。

巨体には不似合いな敏速さである。小次郎は、喜多八とお紺にはここに残るよう言い置いて武蔵を追った。

但馬も呼子を聞いた。

音の方へ行きかけたが踏み止《とど》まり、大槻の屋敷へ先回りすることにした。切り裂き内蔵助が大槻と決まったわけではないし、切り裂き内蔵助が大槻であってもなくても、小次郎とお紺との間で刃傷沙汰になった場合加勢すべきではないか、という迷いもあったが、ここは思い切って大槻屋敷へと足を向けた。

大槻屋敷の長屋門前にある樫《かし》の木の陰で、但馬はじっと身を潜めた。

夜風が頰をなぶる。湿気を含んだ風に嫌な気分を味わわされる。

「さて」

大槻であってくれ、という気持ちとそうであって欲しくない気持ちが相半ばした。

やがて、不穏な空気が漂ってきた。

闇の中に殺気を感じる。

但馬はサーベルを構えた。

程なくして頭巾を被った男がやって来た。背は低いががっしりとした身体、大槻修理亮に違いない。

大槻は但馬に気づいた。

「切り裂き内蔵助、観念せよ」

敢《あ》えて、大槻と呼ばず、但馬は切り裂き内蔵助と決めつけた。

切り裂き内蔵助は頭巾を取り去った。

やはり、大槻修理亮であった。

「やはり、貴殿か」

但馬は失望を露《あら》わにした。

「ふん。たかが夜鷹風情、斬ったとて、何ほどのことがあろう」

大槻の目が鋭く尖《とが》った。

「たわけたことを！」

但馬は詰め寄らんばかりに言い返した。

「なんじゃと、貴殿、夜鷹に味方致すか。あ奴らは世の中のウジ虫じゃ。腐臭に集まるウジ虫じゃぞ」

目を吊り上げ、大槻はわめき立てた。

「夜鷹とて人でござる。殺されていいわけがござらぬ」

但馬は断固とした口ぶりで言い返した。

「ふん、荻生但馬、弱き者の味方、世直しの英傑にでもなったつもりでおるのか」

大槻は不思議なものを見るような目で但馬をしげしげと見返す。

「夜鷹を斬るだけでも悪人だが、それで満足せずに、腸まで引き出すとは、悪鬼の所業であるぞ」

但馬は続けた。

「腐った腸をぶちまけてやっただけだ。本性を掴み出してやったまで」

大槻は聞くに堪《た》えない言葉を続けた。

「貴様、人の心があるのか。赤い血潮が流れておるのか。貴様の刃《やいば》の錆となったお咲は、生き別れとなった子供会いたさに、仕方なく身を売っておったのだ。わが子会いたさに苦しみに耐えておったのだ」

「夜鷹の身の上なんぞに興味はない。荻生但馬、骨のある男、武士らしい武士だと思っておったに失望したぞ」

大槻は言い放った。

「貴様、素直にお縄につけ」

但馬の言葉に対し、

「お縄じゃと……ああ、そうか、そなた長崎奉行を馘首《くび》になり、江戸に戻ってから御蔵入改方などという吹《ふ》き溜《だ》まりの頭《かしら》を担っておるそうだな」

蔑《さげす》みの言葉を放ち、大槻は冷笑を顔に貼《は》り付かせた。

「申したな」

但馬は怒りに血を滾《たぎ》らせ、全身を熱くした。

「わしをお縄にしたくば、力でこい」

大槻は挑発した。

「よかろう」

但馬は返した。

二人はそれぞれの得物を構えた。

二間（約三・六メートル）の間合いを取り、互いの動きを見定める。

隙あらば、大槻は一気に間合いを詰め、必殺の突きを繰り出すことだろう。

大槻の目は獣の獰猛《どうもう》さを思わせるが口元には笑みをたたえている。そのちぐはぐさが獲物を前にした野獣を想起させた。

但馬はサーベルの切っ先をゆっくりと回し始めた。切っ先は微妙な律動を刻んで回旋する。

予想外の太刀筋《たちすじ》に気勢を削がれたのか、大槻は当初戸惑いの表情を浮かべたが、

「おのれ、剣を愚弄《ぐろう》するか」

と、気色《けしき》ばんだ。

気にすることなく但馬はサーベルを回し続ける。大槻は間合いを詰めようと左足を一歩踏み出した。

ところが、右足は止まったままだ。

地べたに両足を貼り付け、大槻は魅入られたようにサーベルの切っ先を凝視した。根が生えたように動かなくなり、目がとろんとなる。

但馬は蟹のような足取りで大槻の間近に迫るや、サーベルで刀を払った。

白刃が星影を浴びて煌めきを放ち、夜空に舞い上がる。

我に返った大槻は膝から頽《くずお》れた。

但馬はサーベルの切っ先を大槻の喉元に突き付けた。

「荻生但馬、今の技、西洋剣術の秘技なのだな。目の前がぼやけ、おぬしが何人もいるように見えたぞ」

この期《ご》に及んでも大槻の関心は剣にあるようだ。但馬はサーベルを喉に向けたまま、

「いや、惑乱剣猫じゃらしは……拙者、猫が苦手でな……」

但馬は猫が目の前に現れただけで足がすくんでしまう。ある日、船宿夕凪の近くの稲荷でサーベルの稽古《けいこ》をしていると野良猫が何匹もやって来た。

全身粟立《あわだ》った。猫たちは但馬が餌をくれるとでも思ったのか、にゃあおと鳴きながら動かない。

但馬は咄嗟《とっさ》に持っていたサーベルを突き出した。追い払おうと左右に振ったのだが、猫への恐怖から力が入らず、切っ先がぶるぶると揺れるばかりだった。

すると、猫の鳴き声が止み、やがてごろにゃんと横になってしまった。それをきっかけに但馬はこの技を磨いたのだった。

「なるほど、わしは猫になってしまったか」

大槻は失笑を漏らした。

「大槻殿、罪を償われよ」

凜《りん》とした声で但馬は宣した。

「夜鷹三人、ウジ虫三匹を殺して罪を償えと申すか……よかろう。わしは猫に身を落とした身だ」

大槻は立ち上がった。

但馬はサーベルを鞘に納め、

「三人ではなく四人ですぞ」

と、声をかけた。

但馬の言葉が耳に入らないのか大槻はうつろな目のまま刀を拾い、

「さらば！」

叫ぶや両手で刀身を摑み、自らの咽喉を刺し貫いた。

鮮血にまみれ、大槻は仰向けに倒れた。

そぼ降る雨の夜更け、但馬はお福の店女郎花にやって来た。差していた雨傘を閉じ、引き戸の脇に立てかける。

暖簾は取り込まれていたが、他ならぬ但馬ということでお福は快く店に入れてくれた。小上がりを勧められたが、「ここでよい」と縁台に腰かけた。

切り裂き内蔵助こと大槻修理亮を退治したことへの礼を、お福は言葉を尽くして述べ立てた。

「これで、殺された夜鷹たちも成仏できますよ。荻生さま、やはり、お礼をさせてください」

というお福の申し出を、但馬はやんわりと断った。

「では、せめて御馳走《ごちそう》させてくださいな。荻生さまや御蔵入改方の皆さまをお招きして、手料理を振る舞いますよ」

お願いします、とお福が頼み込んだ。

「うむ、そこまで言うなら受けようか。御蔵入改方の者たちも喜ぶであろう。但し、大酒飲みがおるぞ」

但馬はお福に微笑みかけた。

「構やしませんよ。皆さんで心ゆくまで飲んでくださいい……あら、すみません。まだ、何もお出ししていませんでしたね」

お福は台所に向かおうとした。

それを引き留め、

「酒も料理もいらぬ」

と、声をかけた。

「あら……」

お福は戸惑っている。

その時、引き戸が開き川田三津五郎が入って来た。

「お待ち合わせだったんですか」

お福は川田に辞儀をすると、台所に入った。川田は雨に濡れた袖を手巾で拭いてから但馬に頭を下げた。川田が大槻成敗の礼を言うのに、

「まあ、座れ」

と、但馬は向かい合わせの縁台を目顔で示した。川田は腰かけ、

「お話とは……」

と、緊張の面持ちで問うてきた。

「緒方に頼んで殺された夜鷹四人の口書《くちがき》を取り寄せ、目を通した」

おもむろに但馬は言った。

川田は無言で但馬を見返す。

屋根を打つ雨音が沈黙を際立たせた。

「夜鷹の喉笛を貫いた刀傷が気になったのだ。大槻修理亮は五尺そこそこの短軀から、突きを繰り出し、夜鷹たちの喉元を正面から真っ直ぐに刺し貫いていた。四人ともな……」

但馬はここで話を止めた。

川田の額に汗が滲んだ。

「荻生さま、何をおっしゃりたいので……」

汗を拭うことなく川田は問うた。

「殺された夜鷹四人のうち、三人は五尺に満たなかった。女としては普通だ。但し、最後に殺されたお咲は違う。男にも劣らぬ大柄であった。大槻からすれば見上げるようであっただろう。それなのに、突き傷は水平に真一文字……言いたいことは、わかるな」

あくまで冷静に但馬は質《ただ》した。

「大槻さまが突いたとしたら、傷は咽喉の下から斜め上に貫かれていなければならんのですな」

淡々と川田は答えた。

「先月、夜鷹たちの金を貯めた壺が盗まれそうになったそうだ。それをお咲が必死で守った、とか」

但馬は明かり取りの窓に視線を移した。

雨脚が激しくなっている。

不意に川田は立ち上がった。

「荻生さま、お話は承りました。今夜はこれで失礼いたします」

但馬の返事も待たず、川田は女郎花を出ていった。台所から出てきたお福は悄然《しょうぜん》と立ち尽くしている。

雷光が走り、雷鳴が轟《とどろ》いた。

開け放たれた引き戸の外、稲光で川田三津五郎の後ろ姿が映し出された。傘も差さず、雨に打たれ、まるで刑場に引かれてゆくような足取りであった。

後日、小次郎から川田三津五郎切腹の報《しら》せが届いた。遺書には、己《おの》が不明を恥じる、とだけ記してあったそうで、奉行所内では何故川田が自害したのか様々な憶測を呼んでいるそうだ。

川田は先月妻を亡くしたばかり。夫婦に子供はなく、夫婦仲は極めて良好であったことから、妻を追っての自害、という声が多く聞かれるという。寡男《おとこやもめ》になって気力を失った自分を川田は同心失格と断じ、不明を恥じたのだろう、と訳知り顔で語る者もいるらしい。

小次郎からの報せとは別に川田からの文が届いた。

川田は文でお咲殺しを告白していた。重病の妻の薬代を工面するため、つい出来心で夜鷹の壺貯金を盗もうとした。それをお咲に見つかった。川田に恩を感じていたお咲は黙っていてくれたが、それが却《かえ》って重荷となった。

お咲の目を見るたびに罪悪感が募り、その目から逃れたくなり、切り裂き内蔵助に便乗して殺してしまった。

但馬は川田の文を焼き捨てた。

真相は胸の中に封じ込め、ただ夜鷹たちの冥福を祈った。

三味線を爪弾《つまび》きながら、女郎花に集う夜鷹たちが、やがては各々の花を咲かせることを願わずにはいられなかった。

第二話　千両みかん

一

荻生但馬に、白河楽翁《しらかわらくおう》こと元老中首座松平定信から書状が届いた。御蔵入りの事件探索依頼である。

大奥御年寄、三橋が日本橋《にほんばし》の料理屋、花膳《はなぜん》で病死したのだが、毒殺の噂《うわさ》が立っている。先頃、切り裂き内蔵助として夜鷹殺しを繰り返した実弟大槻修理亮のこともあり、定信は三橋の死に疑念を抱いたのだという。

大奥御年寄の一件、病死とされたからには南北町奉行所は関与できない。

定信は御蔵入改方に期待したのである。

定信の依頼を受け、荻生但馬は御蔵入改方の面々に探索を命じた。今回は定信から礼金が出るとあって、大門武蔵も張り切って引き受けた。

武蔵は喜多八と共に菓子屋、堀川堂《ほりかわどう》を訪れた。堀川堂は日本橋本石町《ほんごくちょう》に店を構える老舗《しにせ》の菓子屋である。

堀川堂を訪れたのは、三橋が花膳で堀川堂の饅頭《まんじゅう》を食べ、毒死したらしい、と定信の書状に記されていたからである。

皐月二十三日、大川の川開きを五日後に控え、一足早く梅雨が明けたかのような晴天だ。葺《ふ》かれたばかりの屋根瓦が日輪の光を弾《はじ》いている。喜多八は看板を見上げ、

「応仁《おうにん》元年創業……応仁元年っていいますと……」

どれくらい古いのでげしょう、と武蔵に聞いた。

「さあてな、とにかく老舗なんだろうさ」

関心なさそうに武蔵は暖簾を潜ろうとした。喜多八は外で待ちがてら、堀川堂の評判を確かめることにした。看板には大奥御用達《ごようたし》とも記されているが、町人への店売《たなう》りも行っており、店の前には好みの菓子を求めて大勢の男女が並んでいた。

風に揺れる柿色の暖簾を潜り、店内に入ると、武蔵は揉み手をして近づいて来た手代に素性を明かし、主人の頑右衛門《がんえもん》への取り次ぎを頼んだ。

程なくして客間へと通される。

やって来たのは初老の男である。白髪《しらが》交じりで、髷《まげ》は椎茸《しいたけ》の軸のように細い。枯れ木のように痩せ細っているが肌艶はよく、目尻が下がっているため、人の好さそうな印象を受ける。

縞柄《しまがら》の小袖に羽織を重ねているが、前掛けをしていることから主人ではなく番頭であろう。

果たして男は武蔵の前で両手をつき、

「番頭の佐兵衛《さへえ》でございます。主人はどうしても手が離せない用がございますので、手前が代わってお話を承ります」

と、丁寧に言った。

「へ～え、八丁堀同心風情の相手になんぞなれないってことかい。さすがは、老舗の菓子屋の主《あるじ》さまだな」

巨体を揺さぶり、武蔵は皮肉たっぷりに返した。佐兵衛は動ずることなく右手を大袈裟《おおげさ》に振り、

「滅相もございません。本当に手が離せない……」

ここまで言ったところで、

「どんな用事だ」

舐《な》められてなるものかと武蔵は真顔で訊いた。佐兵衛も笑顔を引っ込めると表情を引き締め、

「その……若旦那が重い病なんですよ」

と、声を潜めて答えた。

顔つきからして偽りではないようだ。それに、頑右衛門本人が仮病を使っているのではない。

「そうか、そりゃ心配だな。どんな病だ」

自分も大人気《おとなげ》なかった、と反省しつつ武蔵は問いかけた。佐兵衛は困惑の表情となり、

「それが、よくわからないんですよ。この二、三日何も召しあがらず、腫《は》れぼったい目をなさって。旦那さまはすっかり心配なさって、今も名医と評判の小倉法悦《おぐらほうえつ》先生の往診を受けて、若旦那の枕元につきっきりなんですよ」

首を捻《ひね》りながら答えた。

「倅《せがれ》はいくつだ」

「十八におなりです。旦那さまの一粒種でしてね、そりゃもう目に入れても痛くないくらいの可愛がりようで……」

息子は頑太郎《がんたろう》と言うそうだ。

創業以来、堀川堂では主となったら頑右衛門を名乗り、息子は頑太郎、頑次郎、頑三郎……と名付けられるという。

頑右衛門は女房と死に別れて八年、つまり、頑太郎は十で母親を亡くした。頑太郎の母親への情愛は深く、そのため、頑右衛門は後妻を迎えないでいる。

「老舗の跡取りってことか。で、堀川堂は倅で何代目になるんだ」

女中が運んで来たお茶に武蔵は手を伸ばした。

「若旦那で丁度二十代目です」

佐兵衛の言葉に武蔵はむせ返り、飲んだ茶をこぼすところだった。

「二十代目だと……」

冗談だろう、と武蔵は訝しんだ。徳川《とくがわ》将軍だって十一代なのだ。

「間違いありません。応仁元年の創業ですので」

「応仁元年……というと」

屋根看板に記されていたが、何時の頃なのか見当もつかず武蔵は首を傾《かし》げるばかりだ。

東照大権現《とうしょうだいごんげん》さまこと神君徳川家康《いえやす》公が征夷《せいい》大将軍になられたのは慶長《けいちょう》八年（一六〇三）と教わったことがある。何でも二百十年以上も昔だそうだ。

いくら老舗と言ってもそれより古いことはあるまい、と思いながら武蔵は佐兵衛の言葉を待った。

「ざっと、三百五十年前です。ちなみに、東照大権現さまが公方《くぼう》さまにおなりになる百三十六年前ですな」

武蔵の想定を上回る答えを、佐兵衛はさらりと述べた。

武蔵は大きな目を剝き、「三百五十年……」と呟いてから、

「今の公方さまは十一代だな。なるほど、堀川堂は二十代続いているわけだ。いやあ、そりゃ古い……でも、あれだろう。大権現さまが江戸の町をお造りになる前、江戸は鄙《ひな》びた漁村だったって聞いたことがあるぞ。漁師相手に菓子を売っておったのか。おれの知り合いの漁師は揃いも揃って呑兵衛《のんべえ》ばかりで、甘いものには手を出さないがな」

言いながら、茶に添えられた饅頭をぱくついた。

美味《うま》い。程よい甘さのこし餡《あん》を包む皮も柔らかで、歯応えも舌触りも滑らかだ。こし餡には細かく切った栗の実が交ぜてあり、餡と栗を同時に味わうことができた。

この饅頭なら、呑兵衛の自分でも食べたくなる。ひょっとして堀川堂は、呑兵衛でも手を出したくなる饅頭や菓子を作り出し、辛党も取り込んで発展してきたのだろうか。

そんな想像をしていると、

「お酒好きでも甘党の方はいらっしゃいますし、堀川堂はもともと京の都で創業したのですよ」

またしても武蔵の考えは外れた。普段の武蔵なら悔しさがこみ上げるところだが、それよりも好奇心が勝る。徳川幕府より古い老舗菓子屋の伝統に圧倒される思いだ。

佐兵衛によると、堀川堂は応仁元年（一四六七）京都の堀川通りで創業した。折から都は応仁の乱と呼ばれる騒乱で戦場となった。大勢の人々が死に、家屋が焼け、都は廃墟《はいきょ》と化した。そんな都にあって初代頑右衛門は、焼け出された人々に無償で菓子を配った。堀川堂の評判は高まり、応仁の乱で東軍、西軍の大将として対峙《たいじ》した細川勝元《ほそかわかつもと》、山名宗全《やまなそうぜん》にも気に入られ、戦乱が治まってからは室町殿《むろまちどの》御用達となった。

更に二代目頑右衛門の時には禁裏御所出入りも叶《かな》った。

「へ〜え、すげえな。元祖頑右衛門さんは肝が据わっていたんだな。それに、慈悲の心と商人の算盤《そろばん》勘定も兼ね備えていたってわけだ。焼け出された者たちに施したっていうのは、そうした施行で堀川堂の名を流布させる目的もあったんじゃないのか。決して、勘繰りじゃないと思うぞ。人が好いだけじゃ、商いは大きくならない。それに、干戈《かんか》を交えていた大将、双方に出入りを許されるなんて、菓子の美味さもあっただろうが、初代頑右衛門の立ち回りの巧さもあってのことだろう」

この武蔵の考えを、今度は佐兵衛も否定しなかった。

それどころか、

「さすがは八丁堀同心さまですな。手前のちょっとした話だけでそこまで深い洞察をなさるとは。実際、初代の挿話は様々に語り継がれております」

と、武蔵を褒め上げた。

武蔵が気を良くしているのを確かめ、佐兵衛は続けた。

「戦国の世には信長公、太閤《たいこう》さまの御用達にもなり、大権現さまが江戸に公儀を開闢《かいびゃく》されると、江戸に移ってきたのです」

時の権力者と結びついてきたわけだ。ただ、菓子屋という商売柄、堀川堂には政商めいた陰気さは感じられない。戦国時代、鉄砲や弾薬を扱っていた堺《さかい》の商人とはまるで別人種なのであろう。

「なるほどな、大奥御用達も納得だな」

と、言ってから饅頭を食べ終え、

「公方さまや御台所《みだいどころ》さまが召し上がる饅頭と思えば、有り難みも増すというものだ」

と、武蔵は言った。

すると、佐兵衛は頭を下げ、

「後々、おわかりになって不快に思われるといけませんので正直に申しますが、大奥へ納めさせて頂いておる饅頭は別のものになります」

申し訳なさそうに打ち明けた。

当然だろう、と武蔵は不愉快にはならなかった。佐兵衛によれば、大奥に納める饅頭も、御台所、大勢の側室、そして将軍家斉《いえなり》と、それぞれに微妙に異なる味わいのものを納めるそうだ。手間暇かけて作るため、店売りの饅頭とは値も違う。

「店売りの饅頭は、一番安いつぶ餡の小ぶりな饅頭が四文、栗入りのこし餡饅頭の大が二十文でございます。ちなみに大門さまに召しあがって頂いたのが、その栗饅頭でございます」

つまり、店売りの饅頭では最高級のものを出したという訳だ。

「ちなみに、大奥にはいくらでお買い上げ頂くんだ」

下衆《げす》の勘繰りかもしれないが問わずにはいられない。

佐兵衛は澄ました顔で、

「一個、百文でございます」

と、答えた。

驚きの声を上げそうになるのを、武蔵はなんとか堪えた。

佐兵衛は破顔し、

「とは申しましても、菓子はどちらを召し上がっても美味いものでございますから」

と、言ってから、

「ああ、そうでした。御用の向きは……」

はたと思いついたように武蔵へ問いかけた。柄にもなく老舗菓子屋の歴史と伝統に圧倒され、武蔵も本題に入るのを忘れていた。

武蔵はにわかに目元を厳しくし、

「大奥御年寄、三橋さまが亡くなられたことについてだよ」

愛想の良かった佐兵衛の表情が曇った。

「三橋さま、日本橋の料理屋、花膳で急な病でお亡くなりになった、と聞いておりますが……」

表沙汰になっている事実だけを、佐兵衛は警戒心を隠そうともせず口にした。

「取り繕わなくたっていいよ。大奥出入りの老舗菓子屋の番頭さんだ。あんた、三橋さまが毒入りの饅頭を食べて死んだって、噂は耳にしているんじゃないのかい」

ずばり武蔵は切り込んだ。

「いや……それは」

佐兵衛は言葉を詰まらせた。

「創業は京の都でも、大権現さま以来、江戸で店を構えているんだ。あんたも江戸生まれの江戸育ちだろう」

「はい、江戸は下谷《したや》の生まれです」

佐兵衛は下谷二丁目の生まれ、歳は見た目よりも若く四十九だった。番頭としての苦労が、実年齢より十以上老けさせているのかもしれない。

二

「京の都のお公家《くげ》さんや商人は腹芸にたけているらしいな。口にするのと腹の中は別、滅多に本音をしゃべらないとか耳にするよ。あんたは江戸っ子だ。腹の内を打ち明けてくれねえかな」

武蔵は巨体を揺すった。

「まず、お聞かせください。南の御奉行所では、三橋さまの病死をお疑いになっておられるのですか。これは、お取り調べでございますか」

佐兵衛は武蔵の顔に目を凝らした。

「南町では調べない。御蔵入改方の扱いだ」

武蔵が答えると、

「御蔵入改方……耳にしたことがございます。何でも、御蔵入りした一件を専門に扱われるとか」

佐兵衛は返した。

そうだと、返事をしてから、

「それで、三橋さまがご賞味なさったのは、堀川堂の菓子折りに入った饅頭であったそうだが……」

武蔵は続けた。

「手前が花膳さんに伺い、堀川堂の菓子折りをお贈りするようお願いしました。大門さま、まさか、手前が饅頭に毒を入れた、とお疑いではないでしょうね。悪い冗談でございますよ。もっとも、近頃では堀川堂の饅頭を毒入りだと揶揄して書き立てている読売もあるようですが……」

佐兵衛は笑顔を浮かべたがその目は険しい。老舗菓子屋の番頭としての自信を感じさせる。

「そんな風には考えていないさ。なんでも、饅頭の他にありがたい山吹色の菓子もあったとか、なかったとか……」

武蔵の言葉に佐兵衛は口を閉ざした。

「ま、小判入りの菓子折りを贈っておきながら毒饅頭を食わせるというのもおかしな話だしな。あんたを疑う理由はない」

安心させるように武蔵が笑みを浮かべた。

佐兵衛は軽く頭を下げ、

「近々、御台所さまが寛永寺《かんえいじ》さまに参詣なさいます。堀川堂は大奥御用達の菓子屋ですので、お土産《みやげ》の饅頭を調えさせて頂いております。その数……どれくらいだと思われますか」

急に話題を変えられ、武蔵は戸惑ったが、

「さあ、千個くらいか」

漠然と答えた。

佐兵衛は静かに首を左右に振り、

「五万個でございます」

と、言った。

「……ご、五万個だと……冗談だろう」

疑念を呈したものの、佐兵衛の真顔を見れば真実のようだ。

「こりゃ、たまげたな。御台所さまの土産ともなると五万個の饅頭か。なるほど、これが本当のマンジュウだ」

下手《へた》な冗談を言ってから、問う。

「そんな途方もない数の饅頭、こさえるの、大変だろう」

「堀川堂の店だけでは間に合いません。他の菓子屋さん、職人さん、多くの方々に手助けを頂きます」

下請け、孫請けの菓子屋で手分けをして用意するということだ。

「このことをお話ししましたのは、大奥御用達の菓子屋の商いについて知って頂きたいからです。そんな大きな商いをふいにするような真似を、手前どもがするはずはございません。三橋さまに毒饅頭を贈った、などと罪に問われましたら、たちまちお店は潰《つぶ》れます。三百五十年を超す、暖簾が消えてしまうどころか、奉公人たちとその身内から暮らしを奪い、お手伝いを頂いている沢山のお菓子屋さん、職人さんへの手間賃のお支払いもできなくなるのです。もちろん、堀川堂の菓子を贔屓《ひいき》にしてくださっている多くのお客さまを失望させてしまいます」

淡々と佐兵衛は述べ立てた。

「もっともだな」

納得し、武蔵はうなずいた。

「おわかり頂けましたようで」

佐兵衛は表情を和らげた。

「しかしながら、おれは天邪鬼《あまのじゃく》でな。もう一つ耳にしたところでは、三橋さまは大奥御用達の菓子屋、堀川堂以外の別の菓子屋にすることを考えておられた、とか」

武蔵は浅草《あさくさ》の菓子屋、千手屋《せんじゅや》の名を出した。佐兵衛は千手屋は立派な菓子屋だと褒め上げてから、

「商いというものは、常に競争がつきものでございます。逆に申しますと、競争がないと向上もありません。競争相手に出し抜かれないように目配りをしなければならないのです」

佐兵衛は三橋へ賄賂を贈ったことを暗に認めた。御台所に限らず、将軍家斉の墓参、側室の墓参の都度、数万個単位で注文が入る、と佐兵衛は言い添えた。いくら賄賂を贈ったかしらないが、そんな出費など高が知れているのかもしれない。

「饅頭一個は値の小さなものですが、他に餅、赤飯なども御注文頂きます。更に、墓参のお土産である饅頭の代金に加え、寸志も頂戴しております」

佐兵衛によると、江戸城修繕や火事からの再建の折には大勢の職人が動員される。その職人たちに赤飯弁当を配ることもあるそうだ。職人、四万人分である。

佐兵衛は大奥に納める饅頭は特別製で一個百文だと言っていた。五万個とすると、五百万文、金にして千二百五十両だ。それにどれくらいの寸志が加わるのか知らないが、一回の墓参で千五百両近い金が堀川堂にもたらされるのではないか。

更に職人用の弁当となると、堀川堂の商いがいかほどになるか、武蔵の想像を絶する。菓子屋風情などと侮れないのだ。

「まあ、そうした商いをしておるのでございます」

三橋を毒殺するはずがない、と武蔵がわかったのを確かめるように佐兵衛は言った。

「そんなに大きな商いってことは、競争相手は鵜《う》の目鷹《たか》の目で大奥御用達の地位を狙っているってことだよな」

武蔵の言葉に、

「まったく、油断ならぬことでございますよ」

佐兵衛は首を縦に振った。

「わかった。悪かったな。まあ、おれたちは疑うってのが、いわば習性みたいなもんだから、気にしないでくれ」

「お役目、ご苦労さまでございます」

丁寧に佐兵衛は応じた。

「おまえさんも気苦労が多いとは思うが、やり甲斐もあるだろうな」

武蔵は佐兵衛を労《ねぎら》った。

「やり甲斐と責任でございますな」

もっともらしい顔で佐兵衛は答えた。責任という言葉に、より一層の気持ちが込められていた。白髪と皺《しわ》の多さがそれを裏付けているかのようである。

武蔵は腰を上げた。

佐兵衛も立つ。

「見送りはいらぬ。忙《せわ》しいだろうからな」

「では、お言葉に甘えまして」

佐兵衛は、ここで失礼します、と頭を下げた。

武蔵は帰りかけたがふと立ち止まり、

「若旦那の病だけどな、おそらくは恋煩いだろうぜ」

と、小指を立てた。

「まさか……」

佐兵衛はかぶりを振った。

「どうしてまさかなのだ。若旦那、十八の男だぞ。娘の一人や二人に懸想《けそう》したっておかしくはない」

「ですが、若旦那に限っては……」

色恋沙汰どころかこれまでどんな娘にも関心すら示さなかった頑太郎を思い浮かべ、尚《なお》も否定する佐兵衛に、

「その限っては、というのが厄介なのさ。目が腫れぼったくて飯が喉を通らないんだろう。恋煩いに決まっているさ。おまえさん、ここが忠義の見せどころだ。恋焦がれる相手の娘との仲を取り持ってやったらどうだ。益々《ますます》、旦那の覚えがめでたくなり、暖簾分けの際には祝儀を弾んでもらえるってもんだ」

と説いた武蔵は、じゃあな、と店を後にした。

店を出たところで、

「いやあ、面白いでげすよ」

喜多八がぱちぱちと扇子を開いたり閉じたりしながら近づいて来た。

「何がだ」

武蔵は店先に並ぶ客たちを見やった。

「これでげす。堀川堂名物の毒饅頭ですよ。へへへへっ」

と、喜多八は竹の皮に包まれた饅頭を見せた。小ぶりの饅頭が五つある。

「馬鹿、冗談でもそんなことを言うな。堀川堂といやあ、応仁元年、京の都で創業した老舗の菓子屋だぞ。おまえ、知ってるか、応仁元年、ざっと三百五十年も昔だ。大権現さまが江戸に公儀を開かれる前から菓子を商っているんだ。天子さまの御用達もしているんだぞ」

佐兵衛から聞いた受け売りの知識を武蔵は得意そうに披露した。

喜多八は、

「旦那、洒落が通じませんねえ。これはね、この五つの饅頭の中に一つだけ、餡の代わりに辛子《からし》が入っているんでげすよ。それが毒饅頭ってわけでね」

と、説明した。

「辛子の饅頭を食べる奴なんぞおらんだろう。ゲテモノの極みだな」

武蔵は顔をしかめた。

「ですからね、お遊びなんでげすよ。仲間内で饅頭を食べるんでげす。でもって、誰か一人に毒饅頭が当たるってわけですよ。それを食べた者を見て、面白がるって、そんな趣向の饅頭なんです」

喜多八の話を聞くうちに、

「そいつは面白そうだな」

武蔵も興味を抱いた。

「堀川堂、相当にしたたかですよ。大奥の御年寄、三橋さまが亡くなって、ありゃ、毒饅頭を食べたせいだって、噂が流れていますよね。それを逆手に取り洒落のめして毒饅頭を売り出しているってわけでして。転んでもただでは起きないってことでげすよ」

喜多八は堀川堂の看板を見た。

「主、頑右衛門が考えたのか」

武蔵の問いに、

「番頭の佐兵衛らしいですよ」

喜多八は声を潜めて答えた。

「佐兵衛か、なるほど、したたかな商人ってわけだな」

武蔵は佐兵衛の老け顔を思い出した。

「なんでも商いに利用するしたたかさってのが、商人の強みでげすね」

訳知り顔で喜多八は言った。

「まったくだな。おれみたいな馬鹿正直は、商いには向かないってわけだ」

「違いないでげす」

喜多八が認めると、

「馬鹿」

武蔵はその頭を小突いた。

「よし、毒饅頭、みなで食べるか」

御蔵入改の面々に配ろうと武蔵は言った。

「お頭を入れるのはまずいでしょう」

喜多八は危惧《きぐ》したが、

「お頭は洒落のわかるお方さ。緒方に当たればいいんだがな。真面目くさったあの男が、どんな顔をするものか」

武蔵はほくそ笑んだ。

喜多八が、辛子入りの饅頭はどれだ、と堀川堂の手代に確かめた。武蔵から渡された一朱を握らせると、手代はこっそりと、真ん中の饅頭だと教えてくれた。

三

武蔵が帰ってから佐兵衛は離れ座敷に向かった。若旦那、頑太郎が病に臥《ふ》せっている部屋だ。

すると、頑右衛門と医者の小倉法悦が渡り廊下を歩いて来た。

「若旦那、お加減いかがですか」

佐兵衛が問いかけると、

「よくないね」

頑右衛門は答えながら小倉を見た。

「気の病でしょうな」

小倉は、身体は何処も悪くはないのだ、と言い添えた。続いて頑右衛門が言った。

「そうだ、頑太郎がおまえに話があると言っていたよ」

「わかりました。若旦那のためでしたらね、手前は何でも引き受けますよ」

一瞬の迷いもなく佐兵衛は請け合った。ここが忠義の見せどころという力士のような八丁堀同心の言葉が思い出される。

「じゃあ、くれぐれも頼んだよ」

一縷《いちる》の望みを託すように頑右衛門は佐兵衛に告げ、小倉と共に母屋に向かった。


佐兵衛は渡り廊下を進み、離れ座敷にやって来た。濡れ縁に座り、障子越しに声をかける。

「若旦那、佐兵衛です」

衣擦《きぬず》れの音が聞こえ、

「佐兵衛かい……入っておくれ」

弱々しい声が返された。

佐兵衛は障子を開けて中に入る。

頑太郎は布団に横たわっていた。うつろな目で天井を見上げている。頬の肉が削《そ》げ、目が落ち窪《くぼ》み、何処も悪くはないはずなのに重病人の様相であった。枕元に粥《かゆ》の入った土鍋が置かれているが蓋《ふた》すら開けられていない。

やはり、武蔵が見立てたように恋煩い、しかも重症に違いない。

「若旦那、いけませんよ、何か召し上がらないと」

まず、そう声をかけた。

「欲しくない」

　頑太郎は言った。

「身体、壊してしまいますよ」

「かまわないよ」

「馬鹿なことをおっしゃってはいけません」

　佐兵衛は声の調子を上げた。

　頑太郎はぼうっとしたまま、

「あたしゃ、死んだってかまわないんだよ。どうせさ、楽しいことなんかないんだしね」

　自暴自棄な言葉を並べる始末である。

「何をおっしゃっているんですか。若い身空でおっしゃる言葉じゃございませんよ。まだまだ沢山いいことが待っているんですからね。さあ、何でも話してください。手前には胸の内を打ち明けてくださいい、と言いたいところですが、若旦那のお気持ち、この佐兵衛には手に取るようにわかってるんです」

　佐兵衛は自信たっぷりに語りかけた。

「気持ち……あたしの……」

　頑太郎はむっくりと半身《はんしん》を起こした。締まりのない顔を佐兵衛に向ける。

「わかっていますって」

佐兵衛はうなずく。

「なら、あたしの苦しい胸の内を言ってごらんな」

頑太郎に問われ、

「手前もね、若旦那の年頃には同じ悩みを持ったもんですよ」

「へ～え、佐兵衛もかい」

頑太郎は声を弾ませた。佐兵衛への期待が伝わってくる。

「そうですよ」

佐兵衛はうなずく。

「佐兵衛も好きとは知らなかったよ」

「そりゃ、手前も男でございますから」

胸を張って佐兵衛は言った。

「でも、恥ずかしくなかったのかい」

「そりゃ、恥ずかしいですよ。他人には聞かせられず、じっと自分の胸の中で想いを募らせるだけでございましたから」

「そうなんだよ。とても恥ずかしくておとっつぁんにもお医者にも打ち明けられない……

でも、佐兵衛が同じ気持ちでいたって聞いて、うれしくなったよ」

我が意を得たりと、頑太郎は喜んだ。

「なら、手前には打ち明けてくださいませんか。何とかいたしますから」

佐兵衛は更に胸を張った。

「本当かい、本当に何とかしてくれるんだね」

頑太郎は身を乗り出した。

「お任せください」

佐兵衛は大きく首を縦に振った。

「でも、大丈夫かな。時節柄さ」

頑太郎は半信半疑の体《てい》となった。

さすがに老舗菓子屋の若旦那である。時節柄とは、近日行われる御台所の寛永寺墓参の土産、五万個の饅頭を気にかけてのことだろう。決して、能天気なぼんぼんではなかった、と頑太郎を見直した。

それなら尚のこと、頑太郎のために一肌脱ぎたい。

「御台所さまの寛永寺さま墓参の件はご心配には及びません。もう、すべて差配はできております。何ら手抜かりはございませんよ」

番頭としての自らの手腕を佐兵衛は誇った。

「そうかい」

頑太郎は頬を紅潮させた。

「おっしゃってください。何処のどなたですか」

勢いづいて佐兵衛が問うと、

「何処ってことはないんだけど……」

頑太郎は首を傾げた。

「素性がわからないんですか。なら、どんなご様子なんです。細面とか丸顔とか、もち肌とか。あるでしょう」

「ええっと……まあ、そりゃ、丸いっていうか、こう、艶々として、橙色《だいだい》で」

頑太郎は手で丸い形を作った。

「そうですか、丸顔美人ですか。それとも、丸くてぽちゃっとして可愛らしいご様子なんでしょうか」

佐兵衛も丸い形を手で模《かたど》る。

「まあ、可愛いね。それで、甘くてね」

頑太郎はうっとりとした表情になった。

「甘い……ああ、なるほど、優しいんですね。これは、とんだお惚気《のろけ》を聞いてしまいましたよ。でもね、決して不愉快じゃございませんよ。それどころか、手前はうれしいんです。飴玉《あめだま》一つで泣いたり笑ったりしていたあの若旦那が、一人前の男になりなすったってね。で、若旦那も優しくしてあげるんでしょう」

興に乗って佐兵衛は問いかけた。

「そうだね、優しく剝いてさ、こう、一つ一つの房にくっついている白いのを……」

頑太郎は何やら不思議な仕草をした。

「房……お房さんっておっしゃるんですか」

妙な気分になり、佐兵衛は聞いた。

「いや、そうじゃないよ」

頑太郎は両目を見開いた。

話が嚙み合っていない、と気づきつつあったが、不安を払拭《ふっしょく》するように佐兵衛は声を大きくした。

「何処のお房さんでございますか。手前、すぐにも先方の家に行ってまいりますよ」

「だから、言ったじゃないか。何処に売っているのかわからないって」

困惑気味に頑太郎が返す。

「あれ……売ってるっておっしゃいますと、相手は玄人《くろうと》ですか。じゃあ、吉原、それとも品川《しながわ》……」

頑太郎、何時の間に遊びを覚えたのだろうと佐兵衛は訝しんだ。

「そりゃ、吉原や品川にも売っているだろうよ。冬には特にね」

頑太郎は不機嫌な顔になった。

どうやら、見当外れのようだ。

「おかしいですね。若旦那、あれでしょう。寝込んでいらしたのは、惚れた娘がいるのに打ち明けられないって、悩んでいたんでしょう。つまり、恋煩いってことではないんですか」

「恋煩い……あたしが一体何処の誰に恋焦がれているっていうんだい」

頑太郎はぽかんとした表情になった。

「違うんですか」

佐兵衛も口を半開きにした。

「違うよ」

強い口調で言い返し、頑太郎はごろんと横になると頭から布団を被った。

「じゃあ、何で思い悩んでいらっしゃるんですか」

あの八丁堀同心め、いい加減なことを言って、でかい身体は見掛け倒しで頼りにならないことこの上ないぞ、と佐兵衛は内心舌打ちして、ふとんに手をかけた。

「みかんだよ」

顔だけふとんから出し、頑太郎は口を尖らせた。

「みかん……と、おっしゃいますと、あのみかんですか」

ついわけのわからない言い方をしてしまった。

「あのもそのもないよ。みかんと言ったらみかんだよ」

寝たまま、不満そうに頑太郎は言った。

「みかんでございましたか。若旦那、それならそうと早く言ってくださいよ。……なんだ、みかんが食べたくて寝込んでいらしたんですか。旦那さまも心配していらっしゃいました。脅かさないでくださいよ。みかんなら、そうと言ってくだされば」

呆《あき》れかえって佐兵衛は返した。

やっぱり能天気なお坊ちゃんだ、天下泰平が続き呑気《のんき》になったのは武士ばかりではなく、大店《おおだな》の商人もだ、頑太郎に初代並の器量、度量を求めても無理だろうけれど……

佐兵衛は肩を落とし、頑太郎を見返した。

「みかんを買ってきてくれるんだね」

その様子に気づかぬ頑太郎は、声を弾ませ、再び半身を起こした。

「買ってまいりますよ」

やれやれ、と内心失望しつつも佐兵衛は請け合った。

「頼むよ」

頑太郎の顔に赤みが差した。

「わかりました」

佐兵衛は離れ座敷を後にした。


母屋の居間に入ると頑右衛門が待っていた。

「旦那さま、若旦那の患いの原因がわかりましたよ」

佐兵衛は言った。

「そうかい。よくぞ摑んでくれた」

頑右衛門は安堵の息を吐いた後、佐兵衛に訊いた。

「で、何だったんだい」

「みかんですよ」

「ええっ……みかん……みかんというと、あのみかんかい」

「あのもそのもないですよ。みかんです。若旦那、みかんが食べたくて悩んでいらっしゃったんですよ」

呆れ顔で佐兵衛は言ったが、頑右衛門は大真面目に、

「そうだったのか。確かに頑太郎はみかんが好きだったものな。うん、それはよかったが、買ってこられるのかい……」

そう言って表情を曇らせた。

「買ってきますよ」

さらりと佐兵衛が言ってのけた。

「そりゃ、有り難いけど、みかん、今どき何処に売ってるんだい。おまえ、知っているのかい」

頑右衛門は眉根を寄せた。

四

「近いところでは、神田の三河《みかわ》屋さんとか……」

答えてから、

「ああ、そうか、この時季、みかんは売っていませんね」

ようやく気がついて、佐兵衛は自分の額をぴしゃりと叩いた。

「まったく、そそっかしいね。まあ、頑太郎の病の原因を突き止めてくれたのはお手柄だけど……おまえ、みかんを買って来るって請け合ったんだろう」

苦笑混じりに頑右衛門は問いかけた。

「ええ、そうなんですよ」

「頑太郎に期待を持たせたんじゃないのかい。期待を持った分、みかんを食べられないとわかったら、頑太郎の失望たるや、そりゃ深いものになるよ。益々、寝込んじまう」

頑右衛門は息子の予後を心配し始めた。

「ですけどね、若旦那だって時節柄みかんを売っていないのはおわかりですよ。そんな常識もわからないとは思えません」

佐兵衛は事もなげに言ったが、

「そりゃ、そこまで頑太郎は馬鹿じゃないよ。頑太郎はね、今は時節柄みかんが食べられないってことがわかっているからこそ、思い悩んで寝込んでしまったんじゃないのかい」

頑右衛門が考えを述べると、

「そうかもしれません」

と納得した。

「どうするんだい」

頑右衛門は責めるような目をして佐兵衛を見た。

「若旦那には、みかんが出回る時季まで待ってもらうしかありません。秋には、ちょっと酸っぱいかもしれませんが、売られますから、と」

「それまで頑太郎に寝込んでいろっていうのかい。飲まず食わずでいたら、死んでしまうじゃないか」

「いいえ、若旦那だって召し上がらずにはいられないでしょう」

「頑太郎はね、あれで頑固なんだ。これはね、堀川堂の血筋かもしれないよ。初代が頑右衛門なんて名跡《みょうせき》にしたから歴代の主は多かれ少なかれ、頑固になってしまったんだ。まあ、かく言うあたしもそうだけどね。頑太郎はあたしより頑固者になりそうだ。女房が死んだ時のことを思い出すとね」

頑太郎が十歳の時、頑右衛門の女房が病死した。頑太郎は自分も死ぬと泣き喚《わめ》いて一切、飯を食べようとしなかった。

「そうでした、そうでした。あの時も若旦那、おまんまを召し上がりませんでしたな。無理に食べさせようとしても、絶対に食べようとせず、口を引き結んでしまわれて。それでも、旦那さまは手前や奉公人に若旦那の両手を押さえさせて、無理に握り飯を若旦那の口に押し込まれた。若旦那ったら、口に入れた飯を吐き出してしまわれましたよね。旦那さまの顔が米粒だらけになってしまって……」

思い出し笑いをしかけた佐兵衛だが、頑右衛門の冷ややかな目に気づき、ぺこりと頭を下げた。

頑右衛門は平静を取り戻すと、思い出話を続ける。

「それで、おまえ、芝居を打ってくれたんだったね」

「若旦那が籠《こも》ってしまわれた土蔵に、夜中に亡きお内儀《かみ》さんの幽霊を呼びました」

巫女《みこ》に頼んで亡き母親の霊を呼ぶという芝居をしてもらった。母親の霊が乗り移ったと見せかけた巫女の口から頑太郎に、食事をしろ、早く大きくなれ、と言わせたのである。

「それで、倅はやっと食事を取るようになったんだ」

「じゃあ、今度も亡きお内儀さんにみかんを時季まで待つよう頼んでもらいましょうか」

佐兵衛は言ったが、頑右衛門は首を左右に振る。

「そうはいかないよ。頑太郎はもう十八だ。さすがにお化けの類《たぐい》はね」

「じゃあ、どうなさるんですか」

「どうするって、おまえ、みかんを探してきなさいよ」

当然のように頑右衛門は言った。

「でも、売っているとは思えませんよ」

佐兵衛はかぶりを振った。

「江戸中探せば一つや二つ売っているかもしれないよ。江戸になかったら、紀州まで出向いて探してきておくれな」

あまりの親馬鹿ぶりに、

「紀州まで出向いていたら、若旦那、飢え死にされてしまいますよ」

と、呆れて返すと、頑右衛門はぴしゃりと言った。

「だったら、江戸で見つけるんだ。さあ、早く行きなさい」

「でも、御台所さまの寛永寺さま墓参の饅頭を調えませんと」

番頭としての役目を楯《たて》に佐兵衛がささやかな抵抗を示す。

「そりゃ、もう、手配りができているじゃないか」

「ですが、隅々にまで目配りは欠かせません」

「おまえ、頑太郎の命と饅頭とどっちが大事なんだい」

真顔で頑右衛門は佐兵衛に問いかけた。

駄目だ、頑右衛門は頑太郎のこととなると見境がなくなる。三百五十年の暖簾よりもわが子が大事なのだ。

無理を承知で引き受けるしかない。

「わかりました。みかんを探してまいります」

一礼して佐兵衛は居間から出た。

廊下を歩きながら、

「まったく、旦那さまもしょうがないね。でも、まあ、辛抱だ。来年の暖簾分けまではね、辛抱に辛抱を重ね……ようやくここまできたんだもの」

五十になるのを境に佐兵衛は暖簾分けを許されている。暖簾分けに際しては支度金やご祝儀、慰労金などと共に、お得意先の何軒かを譲ってもらう約束だ。十三で堀川堂に小僧として奉公を始めて以来、身を粉《こ》にして働いてきたのだ。

ここで頑右衛門の逆鱗《げきりん》に触れ、しくじっては全てが水の泡である。

「それはわかっちゃいるけどね……」

大川の川開きまで五日、川開きとなれば夏真っ盛りだ。みかんを売っている店などあるわけがない。

みかん問屋を適当に回って、「売ってませんでした」と、報告しよう。

いや、それでは頑右衛門は承知しないだろう。これまで、数多《あまた》のお得意先を開拓し、競合他店との難問を解決してきた。しかし、今度ばかりは……高々みかん一個を買う、言ってみれば子供のお使いのような事案に解決の目途が立たない。

つくづく厄介なことを引き受けてしまった。

佐兵衛は苦虫を嚙み潰したような顔をした。

それでも、探し回らねば。行く当てもないが、ひとまず近場から回るか。

往来に出ると恨めしいほどの晴空である。手庇《てびさし》を作り、空を見上げてため息を吐くと、佐兵衛は砂塵《さじん》舞う道を歩き出した。


夕暮れとなるまで、日本橋から神田、上野《うえの》界隈のみかん問屋を回ったが、みかんはない。

「お客さん、今、何時《なんどき》だと思ってるんですか」

呆れられるのが落ちであった。

このまま帰っても頑右衛門は許してくれないだろう。

「あ〜あ、みかんが恨めしくなってきたよ」

こつこつと地道に積み上げてきた商人の半生が、たった一つのみかんで崩れ落ちるのか、そんな理不尽な……

佐兵衛は夕焼け空を見上げて絶句した。

烏《からす》が鳴きながら飛んでゆく。自分のことを馬鹿にしているようだ。

肩を落として店に帰った。

汗みずくになり、額の汗を手巾で拭っていると小僧が、

「番頭さん、旦那さまが客間でお待ちですよ」

と、声をかけてきた。

「わかりましたよ」

つい不機嫌な声で返事をしながら、頑右衛門の期待に満ちた顔が脳裏に浮かぶ。その顔が失望に彩られ、きっと、責められることになるだろう。

何か言い訳を考えねば。

言い訳も何もない。問題はみかんを探し出せたかどうかだ。

沈んだ気持ちで客間に向かう。

「あれ……」

居間じゃなく客間に来い、とはどういうことだろう。

「ま、考えても仕方ないな」

呟いてから佐兵衛は客間に至った。

客間に入ると頑右衛門がにこやかな顔で客と話をしていた。床の間を背負っているのは大奥のお女中、美里《みさと》である。女中と言っても美里は将軍付の中年寄桃山《ちゅうどしよりももやま》付のお女中で、大奥差配の実務を担っている。丸い顔の頬は垂れ、目は細くて団子鼻、肥え太った身体を値の張りそうな小袖に包んでいる。

頑右衛門はひたすらにへりくだり、歯の浮くような世辞を並べていた。

佐兵衛も美里に挨拶をする。

頑右衛門は中座の挨拶をしてから、佐兵衛に美里の相手をするよう言い置いて客間から出て行った。

要するに、美里を佐兵衛に押し付けたかったのだ。

頑右衛門が出て行ってから、

「御台所さまの寛永寺さま墓参の饅頭、間違いなく調えておりますのでご安心くださいませ」

佐兵衛は言った。

「それは、ご苦労なことじゃ。そなたには桃山さまも感心しておられますよ。佐兵衛に任せれば間違いない、と」

美里は鷹揚に佐兵衛を褒め上げた。

脇には桐の小箱がある。堀川堂の菓子が入っているが、二重底の間に小判が敷き詰められているのは言わずもがなである。

美里と話題にするようなことは特にはない。普段なら美里が好きな芝居やどこそこの料理屋について語るのだが、佐兵衛は頑太郎のみかんが頭から離れず、ふと口をついて出たのは、

「三橋さま、お気の毒なことでありました」

と、美里と桃山にとっての競争相手、御台所付の御年寄についてであった。話題とするのを避けられるかと思いきや、

「まこと、大変な目に遭われたものじゃ。じゃがな」

意外にも美里は乗ってきて、思わせぶりに言葉を止めた。

こうなると、相手をしないわけにはいかない。

「どうかなさいましたか」

佐兵衛は上目遣いに問いかけた。

「なに、ちょっとした噂が流れておるのじゃ」

美里は大奥で流布する噂話に精通している。また、美里自身が噂を流している、との風

聞もあるのだ。

「絵島《えじま》殿じゃ」

美里は言った。

「絵島……江《え》の島《しま》ではございませんな」

佐兵衛が問い返すと美里は声を上げて笑った。たるんだ頬が揺れ、太鼓腹が震えた。

「ほれ、そなたも存じておろう。大奥御年寄、絵島さまと生島新五郎《いくしましんごろう》のこと」

「ああ、あの絵島……さまですか。すると、三橋さまも……」

佐兵衛は納得した。

「三橋殿も絵島殿よろしく某役者と密会しておられたと。ここだけの話じゃぞ」

ここだけの話、と言いながら美里はあちらこちらで吹聴しているのだろう。

佐兵衛が興味深そうにうなずくと、

「根も葉もない噂話かもしれぬが、火のないところに煙は立たぬ、とも申すじゃろう。三橋殿が芝居好きであられたのは確かだし、贔屓の役者がおられたのも公然の秘密……じゃからの」

おほほほ、と美里は声を上げて笑った。

五

「これはまた、大変な醜聞でございますな」

佐兵衛は顔をしかめた。

「まったくじゃ、三橋殿もとんだことをなされたものじゃ……」

美里は、三橋が役者と逢瀬を重ねていた、と決めつけている。

「まあ、ともかく、三橋殿には気の毒なことになったが、これで堀川堂は安泰とも言えましょうな」

美里は笑みを深めた。

三橋は堀川堂に代わる菓子屋、浅草の千手屋を大奥出入りにしようと考えていた。その三橋が急死したとあって、堀川堂は安泰だと言いたいのだ。

「美里さまにそのように言って頂き、手前も大変心強く存じております」

佐兵衛は礼を言った。

美里は身を乗り出し、声を潜めて言った。

「ところで、三橋殿への菓子折り、いかほどであったのじゃろうな」

いくら賄賂を贈ったのか気になるようだ。

「今回はひとまず、寛永寺さま墓参のご挨拶でしたので、百枚ほどでございます」

正直に佐兵衛は答えた。下手に嘘《うそ》を吐き、それがのちに発覚して、美里に臍《へそ》を曲げられるのは避けたい。

「そうか」

美里は脇にある木箱を持ち上げた。両手で持ち、重さを確かめているようだ。満足げに美里は笑顔を浮かべた。

「佐兵衛、そなたは働き者じゃな。来年、暖簾分けをされるとか」

美里がやにわに暖簾分けに話題を変えた。

「ええ、まあ……」

「何処に店を出すのです」

「まだ、決めておりませんが、そうですね、川向こう……深川《ふかがわ》にでもと……」

「深川か、よいのう」

どうせ、自分にもたかる気なのだろう。

まあ、それはいい。

「おかげで、これから、忙しくなります。方々に暖簾分けのご挨拶もしなければなりませんしね」

　ぼやくように佐兵衛は言った。

「何か困ったことがあったら、何なりと言ってきなさい。桃山さまも心にかけておられますぞ」

　桃山の権威を振り翳《かざ》し美里は言った。

　あ、そうだ。

　佐兵衛に閃《ひらめ》くものがあった。

「みかんを探しておるのです」

「みかん……みかんじゃと」

　それがどうした、と美里は目で問いかけた。

「大奥、ご所有の氷室《ひむろ》がございますな」

「富士の御山の麓《ふもと》にあるが……」

「そこにみかんはございませんか」

「あるにはあるが」

「みかんを一つ、お売り頂きたいのです」

「今時分にみかんを」

美里は首を傾げた。

「若旦那の療法に必要なのです」

「病にみかんが効くのか」

「お医者さまの診立《みた》てです」

苦しい言い訳だと思ったが、

「わかった。特別に早飛脚を立てて遣わす」

幸い、美里は深く追及してこなかった。

「ありがとうございます」

佐兵衛は頭を下げた。

ほっとした。

明日から江戸中、足を棒にして駆けずり回ることもない、と一安心したところで、

「千両じゃ」

美里は言った。

「はあ……」

きょとんとした顔で佐兵衛は疑念を呈した。

「聞こえなんだか。千両じゃとみかんの値を申したのじゃ」

「お言葉ですが、欲しいみかんは一つでございます。一箱ではございません」

抗議の姿勢で佐兵衛は問い返した。

「梅雨が明ければ夏真っ盛りじゃぞ。夏にみかんを所望《しょもう》しておるのじゃろう」

「それはそうでございますが……」

「単なるみかんではないのじゃ。畏れ多くも御台所さまご所有の氷室ですぞ。そこに使いを立て、取り寄せるのじゃ。その手間や珍かなるみかんであることを考え併せれば、千両など安いもの」

毅然と美里は言った。

人の足元を見て、と佐兵衛は唇を噛んだ。

「佐兵衛、良薬は口に苦し、と申すが、夏のみかんは口に甘し、じゃ。そなたの懐が痛むわけでもあるまい」

美里は説得にかかった。

しかし、いくら親馬鹿の頑右衛門でも高々みかん一つに千両も出すものか。

美里は高坏《たかつき》に盛られた饅頭をおもむろに頬張り、悠然とお茶を飲んだ。

「佐兵衛、頑右衛門に聞いてきなされ」

美里が催促した。

千両のうち、どれほどが美里の懐に入るのだろうか。

そんな胸算用をしていても仕方がない。

「少々、お待ちください」

佐兵衛は頭を下げて客間を出た。

居間に入ると、

「美里さま、お帰りになったかい」

頑右衛門が期待の籠った目で問いかけてきた。

「まだ、饅頭を召し上がっておられます」

佐兵衛は答えた。

「そうかい」

頑右衛門はがっかりしたような顔で呟いた。

「それで、みかんですが」

話題をみかんに向けると、

「ああ、そうだ。見つかったのかい」

はっとした顔で頑右衛門は声を大きくした。

「見つかりました」

「何処だい」

頑右衛門は周囲を見回した。

「富士の御山の麓、大奥の氷室でございます」

佐兵衛は美里に頼んだことを説明した。

「なるほど、氷室にならありそうだ。佐兵衛、良いところに目をつけたね。いや、さすがだよ」

頑右衛門はうれしそうだ。

「ですが、何しろ大奥の氷室から取り寄せるとなりますと、それなりに値が張りますのですが」

佐兵衛はおずおずと言った。

「そりゃ、値は張るだろうね。いくらだい、構わない、言ってごらん」

頑右衛門はうなずいた。

「驚かないでくださいまし……千両でございます」

両手を広げ、佐兵衛は告げた。

「千両か」

頑右衛門は口の中で繰り返した。

「値切ってまいります。いくら何でもみかん一つに千両はございませんので」

佐兵衛は腰を上げようとしたが、

「構わないよ。千両、出そうじゃないか」

事もなげに頑右衛門は返した。

「えっ……千両でございますよ。千文じゃございません」

驚いて佐兵衛は問い返した。

「わかっているよ。みかん一つに千両だと思ったら、そりゃ高い。とても買えたもんじゃないさ。でもね、息子が助かる薬だと思えば高くはない」

「そりゃ、その通りでございますが」

「それにね、この先、美里さまにはうちの味方になっていただかなければならない。美里さまに気分よく引き受けていただくのが得策ってもんだよ」

もっともらしく商人の算盤を弾いて頑右衛門は言い添えた。

「わかりました。お返事をしてまいります」

佐兵衛は改めて客間へ向かった。

「頑右衛門、何と申した。断っておくが、値引きには応じぬぞ。商人と違いわたくしは算盤を持ってはおらぬのでな」

美里は牽制《けんせい》しながら佐兵衛の返事を待った。

「主は千両お支払いします、と申しております」

佐兵衛が言うと、美里は一瞬ぽかんとしたが、

「おお、そうか。わかった。任せてたもれ」

上機嫌で請け合った。

「お願い致します」

安堵すると共に佐兵衛は虚《むな》しさも覚えた。

「ならば、これで、失礼致す」

美里は客間を出て行った。

なんだか、どっと疲れた。

今日はみかんを探し求め、走り回って一日を終えた。不毛な一日であったような気がする。

ふと、高坏に盛られた饅頭に視線を向けた。

まだ一つ残っている。そう言えば、腹も減っていた。

佐兵衛は手を伸ばし、饅頭を口に運びもぐもぐと咀嚼《そしゃく》した。

と、

「ううっ」

口中が火傷《やけど》するのではないか、というほどの衝撃に襲われた。辛子入りの饅頭だ。女中が間違えて美里に出してしまったのだろう。

慌ててお茶を飲んだ。

鼻がつんとして、涙が滲んだ。

必死で災難が去るのを待った。全く、と腹が立ったが、ほっと安堵もした。もし、美里の口に入っていたら……

美里は火が付いたように怒ったに違いない。

そうなれば、氷室のみかんは手に入らず、下手をすれば暖簾分けにも支障をきたすところだった。

「は〜あ」

佐兵衛は深いため息を吐いた。

六

その日、小次郎は三橋が毒を盛られた料理屋、日本橋の花膳を訪れていた。帳場で女将、お雅《まさ》に話を聞く。

「先だっての三橋さまのことについて確かめたいのだ」

挨拶もそこそこに小次郎は切り出した。

「まこと、ご不幸なことでございました」

お雅は真剣な眼差《まなざ》しで小次郎を見返した。

「急な病ということであるが、実際は饅頭に毒を盛られた、とか」

持って回った聞き方はせず、小次郎はずばり問いかけた。

「いえ、それは……」

さすがにお雅は答えられないようだ。

「事を明らかにしたい。わかる限りでよい。話してくれ」

小次郎の頼みに、お雅は思案を始めた。眉間に皺が刻まれ、苦悩を表している。急《せ》かさず、小次郎はお雅の気持ちが赴くところに任せた。

程なくして、

「三橋さまは大変贔屓にしてくださいました。手前どもの料理を誉《ほ》めてくださり、料理人や女中たちにまでお駄賃をくださりました。いえ……銭金への感謝ではありません。三橋さまが手前どもの店で羽根を伸ばしてくださったことがうれしかったのです。大奥という格式ばったお暮らしの中、花膳でくつろぎの時を楽しむことを大切にしてくださったのがありがたかったのです。それだけに、あんなことになってしまって……」

三橋の急死への悔恨の念を披瀝《ひれき》してから、お話し致します、と小次郎の申し出を受け入れた。

「では、事が起こった座敷で話そうか」

小次郎は腰を上げた。お雅も立ち上がって案内に立った。

その日三橋がいたのは一階の奥座敷であった。

三橋が花膳を訪れた際にはいつも同じ部屋を使う。奥座敷へと繋《つな》がる廊下の途中には衝《つい》立《たて》があり、他の客が立ち入らないようにしてある。

奥座敷は十畳と八畳の二間続きで、なるほど、貴人が使うにふさわしい高級な造りであった。

龍の彫刻が施された欄間《らんま》、山水画の掛け軸、床の間に置かれた青磁の壺、いずれも逸品ばかりで、上品な香の薫《かおり》が漂っていた。

当日、十畳の座敷にいたのは、三橋と中年寄の菊野《きくの》、それにお雅であった。

「お料理をお運びする前のことでした」

お雅はその日の料理の説明をしようと控えていたのであった。

「わたしと菊野さまはこちらに入る前、向かいの座敷におりました」

お雅は縁側に立ち、中庭を挟んだ座敷を見た。小次郎の視線も向かいの座敷に向けられたところで、お雅は続けた。

「堀川堂の番頭、佐兵衛さんがいらっしゃいまして、三橋さまに贈る堀川堂の饅頭が入った菓子折りを、菊野さまにお渡しになったのです」

「その饅頭に毒が盛られていたのだな」

小次郎は訊いた。

「そうなのですが、不思議なことに菊野さまはちゃんとお毒味をされたのでございます……」

お雅によると、菊野は普段から三橋に供される料理の毒味をしていたそうだ。

表沙汰にはしていないが、南町奉行所は毒殺事件として取り調べた。その結果、佐兵衛が持参した菓子折りに入っていた饅頭と毒饅頭がすり替えられていたことがわかった。堀川堂の饅頭は庭に捨てられていたのだ――。

菊野は佐兵衛から受け取った菓子折りを十畳間に持っていった。その後、所用で十畳間を出た。半時（一時間）ほど、菓子折りが残された十畳間は無人であった。その間に何者かが堀川堂の饅頭と毒饅頭をすり替えたのだ。

すり替えられた後に三橋がやって来て、菊野とお雅と軽く談笑した。お雅は料理の説明をし、菊野は饅頭の毒味をしたのである。

ところが妙なことに、

「菊野さまはご無事であったのです。美味《おい》しそうに召し上がられました」

首を傾げながらお雅は言った。

三橋は無類の甘党で、菊野が毒味をする間も食べたそうな素ぶりを見せていたそうだ。饅頭は六個あり、菊野が食べたもの以外の五個全てに毒が入っていた。

菊野は強運であったのだろうか。

それにしても、菊野が毒饅頭を食べる確率は六分の五である。菊野が毒饅頭を食べて死ぬ確率は圧倒的なのだ。毒味の菊野が毒死すれば三橋が饅頭に手をつけるはずはない。

三橋毒殺を図った下手人は菊野の強運に賭《か》けたのだろうか。

解《げ》せない……

南町の探索は、佐兵衛の持参した菓子折りに毒饅頭が入っていなかったことで打ち切られた。真相は大奥内部の人間関係にあると見て、それ以上の立ち入りを憚《はばか》ったのだ。

「三橋さまは大の甘いもの好きでございました。饅頭五つくらいなら、お食事の前にぺろりだったのです」

お雅は肩をすくめた。

小次郎は、他にちょっとでも十畳間に立ち入った者を確認した。

「奥座敷に出入りした女中は三人、みな、三年以上奉公している者たちです」

「料理人は関係ないな。饅頭は花膳で作ったのではないからな」

当たり前の事実を口にした小次郎だったが、ふと疑念を抱いた。

「どうして、十畳間は半時ほども無人であったのだ。なに、他言は致さぬ。わたしも武士の端くれ、絶対に口外致さぬ」

小次郎の問いかけに迷う風であったが、

「特に訳は……三橋さまがいらっしゃるまでの間、立ち入る者はなかったというだけでございまして」

と、お雅は奥歯に物が挟まったような口調で答えた。

ところが、無人だった理由は呆気《あっけ》なく判明した。

新入り女中に成りすましたお紺が、花膳の女中たちに交じって話を聞き出したのだ。

空白の半時は奥座敷、十畳間に隣接する八畳間で三橋が役者と逢瀬を楽しんでいたのである。

三橋毒殺の真相が小次郎には見えた。

下手人は菊野だ。

おそらく、菊野が食べた饅頭にも毒は仕込まれていたのだろう。菊野が無事だったのは、日頃から劇薬の「石見銀山《いわみ》」を少量ずつ服用していたからだ。少量ずつ服用することにより、耐性を作っておくことができる。

誰も立ち入らなかった十畳間に置かれた菓子折りの饅頭を、毒饅頭とすり替えることができたのは菊野とお雅だけである。お雅に三橋を殺す動機はない。何しろ、店の上得意だったのだ。

何故、菊野が三橋を毒殺したのかは未《いま》だ不明だが……

その日の夕方、夕凪に御蔵入改方の面々が集まった。

「ほれ、土産だ」

武蔵は堀川堂名物の毒饅頭をみなの前に置いた。

「気が利くな」

まず、但馬が手に取ると、

「おれは最後でいい。残り物には福があるからな」

武蔵は小次郎に先に取れと勧めた。小次郎が手を伸ばそうとすると、

「そらよ」

武蔵は真ん中の饅頭を取り、手渡した。

堀川堂の手代から辛子入りだと聞いた饅頭である。お紺、喜多八も取り、残った饅頭に
武蔵はかぶりついた。

小次郎が苦悶《くもん》する様子を素知らぬ顔で横目で窺《うかが》ったが、小次郎は普段通りのすました
顔で饅頭を味わっている。

あれ……

首を捻った途端に猛烈な辛味に襲われた。

「うっ」

吐きそうになるのを堪えながら厠《かわや》に立った。

「手代の奴、間違えやがって」

階段を下りながら、武蔵は火が出そうな口で悪態を吐いた。


小次郎の推察通り、三橋は菊野に毒殺されたとわかった。三橋は、役者との密会や弟大槻修理亮の不行跡が大奥内で問題視されていたという。かねてより菊野は、役者と火遊びをする三橋に諫言《かんげん》していたそうだ。

大槻の不始末後にも役者との逢瀬を止めようとしない三橋を菊野は諫《いさ》めたが、三橋は聞く耳を持たなかった。思い余って菊野は三橋を毒殺したのである。

が、異なる風説が大奥では流れているようだ。三橋排斥の動きがあり、菊野はさるお方の密命を受け実行したという噂が立っている。

真相が薄ぼんやりとしたまま菊野は自害した。三橋毒殺の罪の意識に苛《さいな》まれた末の自害とされ、表向き、三橋同様に病死とされた。

真実は大奥の闇に消えた。

菊野に三橋殺しを命じたのは、三橋の後継者として御台所付の御年寄となる桃山だと噂する声があるそうだ。ところが噂好きの美里がその噂だけは口にせず、桃山の下で中年寄に出世した。

大奥の権力闘争は、荻生但馬ばかりか御蔵入改方の面々には異世界の出来事だ。

ただ、但馬に真相究明を依頼した白河楽翁こと松平定信から五十両の礼金が届き、但馬は等分に十両ずつみなに配った。

真相を明らかにしたのは小次郎だったが、文句は一切言わなかった。これが武蔵だったら血相を変えて自分の取り分を多めにするよう但馬に求めていただろう、と喜多八は笑った。


堀川堂にみかんが届けられた。富士の氷室から運ばれてきた千両のみかんである。藁に包まれ、箱には氷が敷き詰められていたそうだ。氷の中に入れられてきたみかんは橙色の艶やかさこそやや失われていたものの、この時季にしては十分であった。

何より、暑い最中にみかんが賞味できることに、頑太郎は満足顔である。

離れ座敷で頑太郎は感激の面持ちで皮を剝いた。

佐兵衛と頑右衛門が見ている。

「佐兵衛、ありがとう」

何度も頑太郎は礼を述べた。

「若旦那、礼はよろしゅうございますから、どうか味わってください」

佐兵衛が言う。

頑太郎は大事そうに剝いたみかんをまじまじと見た。全部で十の房である。それをまず頑太郎は二つに割った。

「あたしは五つ食べる。残り五つはおとっつぁんと佐兵衛で食べておくれ」

頑太郎の厚意を受けながらも佐兵衛は遠慮した。しかし、頑右衛門は、

「まあ、いいじゃないか。佐兵衛、おまえもよく働いてくれてるから、三つあげるよ」

頑右衛門は三つの房をよこした。

「ありがとうございます」

佐兵衛は礼を言ってみかん三房を貰い、離れ座敷を出た。

夜空には星が輝いている。

「みかん一つが千両だってよ。十の房で千両、一房百両ってことだ」

掌《てのひら》にある三つの房をしげしげと眺める。

「三百両か……」

自分は今、三百両を手にしているのだ。

堀川堂に奉公して三十六年、こつこつと貯めてきた金は百両に満たない。暖簾分けをしてもらう際に祝儀だの慰労金だので、得る金は精々三百両くらいだろう。そっくり使える

わけではない。暖簾分け後の商いには少なくない金が必要だ。

あと十年余り、還暦まで生きるとして、商いなどやめて余生を楽しもうか。息子二人は醤油問屋の手代と大工になった。女房と二人、数百両あれば年に一度か二度、湯治ができ、元気なうちに伊勢《いせ》参りや上方《かみがた》見物もできる。

いやいや、隠居暮らし、数百両では心もとない。いつ何が起きるかわからない。大病を患うかもしれない。逆に還暦どころか古希まで生きながらえるかもしれない。となると、数百両で二十年暮らさなければならない。

「この三百両が加われば……」

掌のみかん三房を佐兵衛はつくづく見た。

虚しさと理不尽さに胸が締め付けられた。

十三から働き詰めの自分に対し、頑太郎は饅頭一つ作ることも売ることもせず、みかん五房、つまり五百両を食べたのだ。己が半生を否定されたような気がする。

すると、夜空を流れ星が彩った。

何か願掛けをするか。

これまで、商い繁盛以外、願ったことはない。

「働こう……」

空から視線を戻し、佐兵衛は呟いた。

奉公して以来の夢、暖簾分けが目の前に近づいているのだ。余生だの隠居暮らしだの、自分には手が回りそうもない。

働けるのが……仕事こそが自分の財産だ。

「旦那さまや若旦那とは生まれ落ちた星が違うんだ」

佐兵衛は再び星空を見上げ、みかん三房を口の中に入れた。甘くもあり苦くもあるが、これが人生の味だと、佐兵衛はみかんを噛み締めた。

第三話　不幸を呼ぶ大黒像

一

水無月《みなづき》（陰暦六月）一日、江戸は夏真っ盛りだ。

抜けるような青空に入道雲が白く浮かんでいる。強い日射しが大地を焦がし、陽炎《かげろう》が立ち昇っていた。

お紺は浅草観音の境内をそぞろ歩いている。

参拝を済ませ、日差しを避けようと、五重塔の陰にある葦簀《よしず》張りの茶店に入った。冷ました麦湯を飲む。涼しい風が吹き込み、洗い髪が光沢を放ちながら靡いた。

蟬《せみ》は未だ鳴いていない。

江戸ではこれから夏祭りが催され、連日花火が打ち上がり、数多の屋台が出る。同時に、人々は無防備になる。すりを生業《なりわい》としていた頃、夏は稼ぎ時だった。

そんなことを思いながらお紺は境内を眺めていた。

お参りを終えたと思《おぼ》しき娘が山門の方へ歩いてゆくのが目に入った。白地に朝顔を描いた浴衣《ゆかた》の可憐《かれん》さと髪を飾る鼈甲《べっこう》の笄《こうがい》や櫛の渋さがあまりに対照的で、雑踏の中にあってもひときわ目立っている。

浴衣も鼈甲細工の髪飾りも上物だ。

それゆえ、お紺の中にあるすりの性《さが》が絶好の獲物だと感じ取ったのかもしれない。

と、娘の背後から足早に近づく男の姿がお紺の目に映った。両手を着物の袂《たもと》に入れ、娘を見定めている。お紺は縁台に勘定を置き立ち上がった。

男は五重塔を見上げながら、

「おおっと、すまねえ」

いかにもうっかりといった風に娘にぶつかり、娘がよろめいたのに構わず見る見るうちに立ち去った。

お紺は小走りに男を追いかけ、斜め後ろにぴたりと付くや、さっと追い越した。一瞬の隙にその袂に手を入れ、男が娘からすり取った財布を引っ張り出す。

そのまま雑踏に紛れた。

お紺は山門へと向かい、娘の姿を目で追った。しかし、娘は人の波に埋もれてしまっていた。人混みをかき分け、仲見世を見て回る。

風雷神門《ふうらいじんもん》に至ったところで立ち止まる。浅草界隈に住んでいるのだろうか。財布がないことに娘が気づけば、境内に落としたと思って、探しに戻って来るかもしれない。

陽炎に揺らめく群集の中、鼈甲細工の髪飾りを探すが見つからない。

半時ほども待ち、娘の素性がわかる何かが入っているかもしれない、と財布を検《あらた》めることにした。銭と金貨で一両と二分、一朱、十六文が入っている。他に折り畳まれた書付があった。

「ごめんよ」

断りもなく書付を調べることを小声で詫び、お紺はそれを開いた。

「ええっ」

思わず、声が漏れた。

〝おまえの父を殺した者を教えてやる。水無月二日、暮れ六つ（午後六時）、駒形堂《こまがたどう》に来い〟

なんだろう。

悪戯《いたずら》であろうか。

ひどい金釘流で、全てがひらがなで記してあった。

水無月二日……明日の夜じゃないの。

お紺は自分も駒形堂に行くことにした。

その日の昼下がり、船宿、夕凪に荻生但馬を訪ね、馬喰町《ばくろちょう》にある骨董《こっとう》店、宝珠《ほうじゅ》屋の主、権太郎《ごんたろう》がやって来た。

お藤に案内された権太郎は腰の低い老年の男であった。好々爺《こうこうや》然とした笑みをたたえ、お藤にも愛想を使いながら但馬の前に出た。

「お忙しいところ、畏れ入ります。これ、よろしかったら」

権太郎は菓子折りを差し出した。

堀川堂の栗饅頭の詰め合わせであった。お藤は破顔し、

「遠慮なく」

と、うれしそうに受け取ったが、但馬は僅かに渋い顔をした。大槻修理亮の姉、三橋毒殺に便乗した堀川堂名物の毒饅頭を思い出したのだ。

が、御蔵入改方を頼らんとする権太郎が辛子入りの饅頭を持参するはずもない、と思い

直し、

「依頼の筋を聞こうか」

と、問いかけた。

権太郎が居住まいを正すと、お藤は遠慮して出ていった。

「まどろこっしい話になるかもしれませんが辛抱なさってください」

と、断りを入れてから権太郎は語り出した。

「そもそもは五年前のことがきっかけでございます」

五年前、宝珠屋は大黒像を六体仕入れた。

「評判の仏師、猪原法慶《いはらほうけい》先生作の大黒像です。商い繁盛に御利益がある大黒さまの仏像は売れるのですが、特に法慶先生作の大黒像は人気でした」

大黒像は台座を入れて一尺（約三十センチ）ほどの大きさであった。檜《ひのき》で彫られ、表面に金箔《きんぱく》が押されていたそうだ。

「その六つの大黒像をお買い取りになられたお客さまのうち、お三方が相次いで亡くなったのです。お買い上げ頂いてから三月《みつき》以内のことでした。お三方とも商人《あきんど》でいらっしゃいまして……」

神田明神下《みょうじんした》の米問屋、浅草並木町《なみきちょう》の小間物屋、更に下谷の漬物屋の主人であった。米問屋は大川に転落して溺死《できし》、小間物屋は自宅の庭で首を括《くく》って死んだ。漬物屋は咽喉に餅を詰まらせての窒息死であった。

三人の死は南北町奉行所ではなく火盗改が取り調べたのだが、事件性はない、と判断された。

「溺死と餅が咽喉に詰まった、というのは不運な事故だと考えられなくもないが、小間物屋の自死というのは穏やかではないな」

但馬が指摘すると、まったくでございます、と返事をしてから、

「火盗改さまのお取り調べで、茂平治《もへいじ》さん……自死なすった小間物屋のご主人ですが、茂平治さんには大きな借金があったとわかり、それを苦にして首を括った、と判断されました」

権太郎は答えた。

「なるほど、筋は通っておるということか。ところで、そなた、三人の死について馬鹿に詳しいではないか」

但馬が疑念を呈すると、

「当時、流れていた噂のお蔭《かげ》です。猪原法慶先生の大黒像には宝の在処《ありか》を記した絵図面が入っている……というものです。そのせいで火盗改さまが、法慶先生から大黒像を手に入

れた手前のところにも何度も聞き込みにいらっしゃいましてね、色々と聞かされたのです」

五年前、上総松戸《まつど》藩五万五千石新藤備前守《しんどうびぜんのかみ》家が改易になった。藩主勝昭《かつあき》が夭折《ようせつ》したためだ。改易となり、松戸城を幕府に明け渡す際の混乱に乗じて、盗人一味、どさくさの紋《もん》蔵《ぞう》らが城内に侵入し、千両箱を五つ盗み出した。

紋蔵一味は二つ名の通り、火事場などの混乱に乗じて盗みを働いていたそうだ。そんな紋蔵一味にとって、改易され幕府に城を明け渡す大名の城や城下は格好の稼ぎ場所だった。

火盗改は一味の多くを捕縛したが、頭の紋蔵は取り逃がし、城内から盗み出された五千両も行方知れずだという。紋蔵はほとぼりが冷めるまで姿をくらまし、いつかその五千両を回収しようと隠し場所を記した絵図面を法慶の大黒像に隠した、というのだ。

「なるほど、それで、三人の死について取り調べを行ったのが町方ではなく、火盗改であったのか。それにしても、わざわざ絵図面を大黒像に隠さないでも、自分で隠し持っていればよさそうなものだがな」

またも但馬は疑問を権太郎に投げかけた。

「それが、松戸近辺の道は街道も間道も厳しいお取り調べがあったのです。火盗改さまを始めとする御公儀、それに、新藤備前守さまの御家来衆が、道行く者や荷駄を徹底的に調べられたそうです。それで、紋蔵は絵図面を持ち歩けなかったのだろうと、火盗改さまはおっしゃっておられました」

「新藤家の家来衆も必死になって紋蔵を追ったというのは……」

「何時《いつ》の日か御家再興の資金にするためであったそうです」

「なるほどのう……では、紋蔵が法慶の大黒像に絵図面を隠した、と疑われる根拠は何だ」

「紋蔵は法慶先生のところで働いていたことがあるそうです。法慶先生は当時、松戸城下で仕事をしておられたのです」

「法慶の弟子だった、ということか」

「下働きの奉公人だったそうです。弟子になりたかったそうですが、法慶先生はお許しにならなかったんです」

「何故だ」

「法慶先生は紋蔵が左利きであるのを嫌ったのだとか」

権太郎は左手で鑿《のみ》を振るう仕草をした。

法慶は新藤家改易と共に松戸から江戸に移った。精力的に仏像を彫っていたが二年前に亡くなったそうだ。

「して、亡くなった三人の大黒像から絵図面は見つかったのか」

　権太郎は首を左右に振った。

　火盗改は三人が買った大黒像を徹底的に調べた。台座の底板を外し大黒像の中を確認したが、絵図面は見つからなかった。また、以前に底板を外したり、大黒像の中を検めた形跡もなかったことから、紋蔵もしくは手下が三人を殺して絵図面を奪っていった、とは考えられなかった。

「残りの三体はどうしたのだ」

「はい……そのうち二体は、どなたに売ったのか覚えております」

　五年も前のことではございますが、と権太郎は言い添えた。

　五年前、その二体を売った先にも火盗改が行き、大黒像を調べた。やはり、台座の底板を外し、中身を調べたが絵図面はなかったそうだ。

「ということは、残り一体に絵図面が隠されているのだろう、と火盗改さまは見当をつけられたのですが……実はその一体は手前の店から盗まれておるのです」

　それゆえ、大黒像は行方が知れないということだ。

「六体の大黒像にまつわる話はわかったが、五年も経《た》って、そなたがわしのところに相談にやって来た、というのはどういうわけなのだ」

但馬は改めて問いかけた。

「二体のうちの一体をお買い求めくださった、ご近所馬喰町の貸本屋、萬年屋《まんねん》さんの御主人、太次郎《たじろう》さんが先月二十五日に亡くなったのです。火の見櫓《やぐら》に上って、下りようとしたところを、足を滑らせ落ちてしまわれ、打ちどころが悪くて亡くなりました」

おそらくは、紋蔵が江戸に出没して太次郎を殺したのだろう、と権太郎は怯えた目をして語った。

「紋蔵は、五年前に火盗改さまが太次郎さんの大黒像を検めたことを知りませんからね」

権太郎は言い添えた。

「わかっているもう一体は何処の誰に売ったのだ」

但馬が問いかけると権太郎は堀川堂の菓子折りを見ながら、

「堀川堂の番頭さん、佐兵衛さんです」

と、答えた。

「ほう、堀川堂の佐兵衛か」

但馬は呟いた。

「佐兵衛さん、五年前は手代でいらっしゃったんですが、大黒像を買って程なくして番頭になられたそうで、運を開いてくれたって、随分と感謝されました」

二

権太郎は言った。

次いで、

「荻生さま、佐兵衛さんを紋蔵から守ってください。それと、紋蔵を捕縛してください。お願い致します。火盗改さまは紋蔵を追っておられますが、佐兵衛さんの身辺警護まではしてくださいません。南と北の御奉行所は火盗改さまの領分だからと、紋蔵の一件には関わらないお考えのようです。ですから、御蔵入改方の荻生さまにおすがりするしかないのです」

権太郎は頭を下げた。

「佐兵衛は、紋蔵が江戸に来ているかもしれぬこと、存じておるのか」

「いいえ……力のないわたしがお教えしたとて、佐兵衛さんを怖がらせるだけですから」

権太郎はかぶりを振った。

但馬はうなずく。

「よかろう。わしが佐兵衛の身辺に気を配ろう。だが、残る一体の大黒像を盗んだ者に関してはどうしようもないな」

「皮肉なものです。盗んだ大黒像の中に、五千両の所在を記した絵図面が隠されていようとは、盗んだ者も夢にも思わないでしょう」

権太郎は肩をすくめた。

「ところで大黒像、いくらで売ったのだ」

「五両でした」

「五両か」

高いのかお値打ちなのか見当がつかない。

「よし、話はわかった」

但馬は引き受けた。

ちなみに、太次郎の火の見櫓からの転落は事故とみなされているそうだ。紋蔵との関係を想定せずに北町奉行所が吟味を行い、事故として処理されたのだった。

まさしく、御蔵入りの一件である。

但馬が思案を巡らしかけたところでお藤から来客が告げられた。

「やはり、いらしたか」

心当たりがあるようで権太郎は腰を浮かし、階段の方を見た。

但馬が訝しむと、

「上総浪人、本村省吾《もとむらしょうご》さま、というお方がいらっしゃいました」

お藤が来客を案内してきた。

「松戸藩新藤家の旧臣だな」

但馬が見当をつけると権太郎は首を縦に振った。

本村が入って来た。

背の高い、細面の男だ。月代《さかやき》は剃《そ》っていないが、髭《ひげ》はきれいに当たってあり、小ぎれいな羽織袴姿で、浪人特有のうらぶれた感じはない。

大刀を左に置き、権太郎の隣に座った。

「話は権太郎から聞いた」

但馬は言った。

「畏れ入ります」

本村は一礼した。

「新藤家再興のため奔走《ほんそう》しておられるのか」

但馬に問われ本村は首肯して続けた。

「亡き殿の従弟《いとこ》にあたられます、正成《まさしげ》さまを立て、石高は少なくとも、大名としてではなく旗本として御家を再興できないか、と奔走しております」

「それは御苦労なことです」

但馬は敬意を払い、頭を下げた。

「そのためにも、紋蔵に盗まれた金を取り戻したいのです。五年も経っていますから、見込みは薄いですが、それでも一縷の望みを抱きながら江戸にやって来た次第にござる」

表情を引き締め、本村は決意を示した。

「すみません、手前が大黒像を盗まれてしまったばかりに」

権太郎は本村に頭を下げた。

「そなたのせいではない。悪いのは盗んだ者、どさくさの紋蔵だ」

吐き捨てるように本村は言った。

それでも権太郎は肩を落とし、うなだれた。

「御蔵入改方においても、できる限りの探索はしてみる」

権太郎を励ますように但馬は語りかけた。

「かたじけない」

本村は深々と頭を下げた。

「心強いです」

権太郎はようやく笑みを浮かべた。

三

翌二日の夕暮れ、但馬から命じられ、大門武蔵は佐兵衛の住まいを訪ねた。真夏とあって、黒紋付は絽《ろ》の夏羽織で、右手の手拭いで顔や首筋を盛んに拭っている。

佐兵衛は堀川堂から一町（約百十メートル）ほど東にある三軒長屋の真ん中に住まっていた。女房と二人暮らしである。

折よく、女房のお蔦《つた》は湯屋に行っていて留守であった。

「これは、いつぞやの……」

佐兵衛は笑みを浮かべたものの、自宅への訪問に警戒心を呼び起こされたようで、

「今日は、また何か別の一件ですか」

と、上目遣いになった。

「事件の探索ってわけじゃないんだがな……その、なんだ、ありがたい大黒像を拝みに来

たんだ」

　武蔵が言うと佐兵衛は、

「ああ、宝珠屋さんで買ったあれですか。もう、五年も前のことですけどね。でも、どうして八丁堀の旦那が」

　更に疑念を深めてしまった。

「大層、御利益があるって聞いたのでな、ちょっと拝んでみたいのだ」

　武蔵が笑みを浮かべながら頼むと、

「そういえば……大黒像を買ってからですよ、運が向いてきたのは」

　断る理由もないと判断したのか、断れば不審がられると危ぶんだのか、佐兵衛は居間の奥にある部屋に武蔵を通した。

　仏壇の横に木の台があり、黄金色の大黒像が鎮座していた。台座を入れて一尺ほどの木彫りの仏像で金箔が押されている。

「なるほど、有り難みがあるな」

　武蔵は端座して両手を合わせ拝んだ。

「そういやあ、先日、宝珠屋の権太郎さんが、この大黒像にお宝の在処を記した絵図面が入ってないか念のため検めてほしいと、問い合わせてきなすったんですよ……では大門さまも絵図面を探していらっしゃるんですか」

　確かめられ、そうだと認めてから、

「絵図面はあったのか」

　と、武蔵は佐兵衛に向き直った。

「ありませんよ。確か五年前、これを買ってからしばらくして、火盗改さまが訪ねていらしたんです。今回同様、大黒像に絵図面が隠されていないか、確かめてゆかれたんですよ。台座の底板を外して中をご覧になったんですがね、絵図面どころか塵《ちり》一つ出てきませんでした。ですから、今更調べたって絵図面が出てくるはずはありません」

　佐兵衛は苦笑を漏らしながら両手で大黒像を持ち上げ、ひっくり返すと、台座の底板を取った。次いで、空洞を武蔵に見せる。

「あたしも、もし絵図面があったらって、期待したんですがね。だってそうでしょう。あたしゃ、この大黒像をちゃんとお金を払って買ったんですから。大黒像はあたしのものですからね。大黒像の中にある絵図面もあたしのものってことだ。すると、絵図面に記された お宝まであたしのもんだって……五千両ですよ。五千両といやあ……ああ、みかん五つだ……」

　語り始めた時には笑顔だったが最後は口調が尻すぼみとなり、ぼやきに変わった。

「みかん五つ……」

武蔵が首を捻ると、

「いえ、こっちの話でございます」

と、笑顔を取り繕ってから佐兵衛は戸口を見た。女房のお蔦が帰って来た。

「大門の旦那、一杯、いきませんか」

意外にも佐兵衛の方から誘ってきた。

「ああ、構わんぞ」

武蔵は笑顔で応じた。


武蔵は佐兵衛の案内で近所にある酒場にやって来た。間口一間《いっけん》（約一・八メートル）のこぢんまりとした煮売り酒屋だ。暖簾は埃《ほこり》にまみれ、風を通すために開け放たれた戸口から覗《のぞ》ける店内は、土間に大きな縁台が二つ並べられただけの殺風景さである。

肴は煮物くらいしかなく、酒だって清酒は置いていないようだ。

「おいおい、応仁元年、創業三百五十年の老舗菓子屋の番頭が来る店じゃないぞ」

武蔵らしく、遠慮会釈のないずけずけとした物言いで失望を表した。御馳走してもらおうとは思っていなかったが、佐兵衛の行きつけとあれば、知る人ぞ知る小粋な店だろうと期待していたのだ。

「番頭だろうと、雇われの身に違いはありませんからね」

淡々と佐兵衛は返す。

「奉公人は辛いな。おれもだから、わかるよ」

武蔵は賛同した。

やめときますか、と佐兵衛から問われたが、

「せっかくだ。飲もう。こういう店もいいもんだぜ。ざっかけないところがな」

武蔵は暖簾を潜《くぐ》った。

佐兵衛も続き、二人は縁台に並んで腰を下ろした。佐兵衛は茶碗酒を半分と煮豆を頼んだ。

武蔵も茶碗酒を頼む。

「よく来るのか」

「あたしの唯一の楽しみってやつでしてね。一日の仕事を終え、帰る前に、ここで一杯やるのがもう何十年と続いてます。いわば暮らしの一部ですな」

なるほど、この店なら毎日来ても、財布は痛まない。堀川堂の番頭として得意先を接待することもあるから、それ以外の日はここで一日の疲れを癒《いや》しているのだろう。

佐兵衛は茶碗の酒をちびちびと猫が舐めるように味わっている。一口飲んで武蔵は顔をしかめた。酸味がきつく古酒もいいところだ。もちろん、上方からの下りの清酒ではなく関東地廻りの安酒である。

それでも、ないよりはまし、酔えば味も気にならなくなるさ、と武蔵は息を止めて飲み干し、二杯目を頼んだ。舌に残る不味《まず》さを胡麻化《ごまか》すため、煮豆を口の中に入れる。硬い上にやたらと塩辛い味付けだが、不思議と安酒には合う。

佐兵衛はほっと安堵の息を吐いてから言った。

「大黒像が、今頃になって騒ぎになっているんですか」

「騒ぎというほどではない。近頃、おまえの近くに怪し気な者は現れてないか」

武蔵の問いかけに、

「大勢のお客さまを相手にしておりますので、毎日、見知らぬ方々と接してはおります。しかし、特に怪しい者となりますと……」

佐兵衛は首を捻った。

「物騒な世の中だ。用心するに越したことはないぞ」

無難な言葉を返したところで、武蔵は二杯目の茶碗酒を受け取った。

しばらく無言での飲み食いが続き、佐兵衛はやっとのことで茶碗半分の酒を飲み終える

と、

「もう半分」

と、弾んだ声で頼んだ。

「なんだ、最初から一杯頼めばいいじゃないか」

武蔵が訝しむと、

「そりゃ、そうなんですがね、この方が得した気分になるんですよ。胃の腑《ふ》に収まるのは同じ量なんですが、二杯飲んだ気になるってわけで……」

ニコニコしながら佐兵衛は半分の茶碗酒を受け取った。

「もっと、飲めよ。奢《おご》るぜ」

武蔵の申し出を、

「いえ、半分を二杯、と決めていますので。旦那のご厚意だけありがたく頂戴致しますよ」

佐兵衛は笑顔のまま断った。

武蔵はそれ以上無理には勧めなかった。

「ああ、今日も生き延びたか」

佐兵衛は天窓を見上げた。格子の隙間から星空が覗いていた。

四

小次郎は馬喰町の貸本屋、萬年屋を訪れた。店に上がり、女房のお幹《みき》に主人太次郎の死について話を聞く。店内には草双紙《くさぞうし》や錦絵が並べられている。曲亭馬琴《きょくていばきん》の、「南総里見八犬伝《なんそうさとみはっけんでん》」のような人気作品もあった。

萬年屋は五人の奉公人が書物箱を背負って得意先を回り、本の貸し出しを行う他、店頭でも貸本を扱っていた。お幹は店番をし、店先での貸本に対応している。

「太次郎、気の毒なことになったな」

小次郎が気遣うと、

「身内の恥を晒《さら》すようですけどね、自業自得ってやつですよ」

意外にもお幹はさばさばしている。

夫婦仲がよくなかったのであろうか。

お幹は続けた。

太次郎は働かなかったそうだ。店の差配はお幹に任せっきりだった。

「ただ、まあ、せめてもの慰めは、うちの亭主は悪い遊びをしなかったってことですかね。

博打や女には手を出さなかったんですよ。単に気が小さかったからなんですがね」

苦笑混じりにお幹は言った。

「と言うと、酒は好きだったのか」

小次郎の問いかけにお幹はうなずく。

「お酒は本当に好きでしたね。結局、お酒が命取り……あ、旦那、それをお取り調べなのですか。ちゃんと、北の御奉行所に届けておりますよ。でもって、特別なお咎めもなかったんですからね」

お幹は警戒心を露わにした。

「太次郎の死を蒸し返して、そなたを咎めようなどとは考えておらぬ。ただ、別件で参考までに話を聞きたいだけなのだ」

回りくどい言い方でお幹が納得するかどうか危ぶまれたが、

「ならいいんですけど」

と、幸いにも受け入れてくれて、太次郎の行状について語り続けた。元来が話し好きなのだろう。

「うちの亭主はお酒が大好きだったんですけど、上方からの下り酒だとかどこそこの蔵元のお酒が美味いとか不味いとか、一切拘《こだわ》りませんでしたね。ある酒、出された酒を喜んで飲んでいたんです。それと、肴にもうるさくなかったですね。スルメの炙ったのから鯉の洗いや鮑《あわび》の蒸し物と、何でも食べていましたよ。日頃は陰気な人でしたけど、飲むと口数が多くなりましてね」

日中の太次郎は、店の帳場に座って客に愛想笑いの一つもせず、むっつり黙り込んで草双紙を読んでいたそうだ。

「いくら貸本屋の亭主だからって、日がな一日、草双紙を読んでいられたんじゃね……ま、それでも、店の金を持ち出して遊びに行くよりはましだろうって、あたしも目を瞑《つむ》っていたんですよ。で、日が暮れると近所の酒場に……もちろん、高級な料理屋なんかじゃないですよ。手ごろな縄暖簾や四文屋《しもんや》です」

四文屋はどの料理も四文均一の屋台だ。大抵は串に刺したおでんを売っている。

「亭主がよく行っていた四文屋は、おでんの他にお酒、まあ、どぶろくですけど、お酒も茶碗一杯四文で出していたんですよ」

太次郎にとって縄暖簾でも贅沢《ぜいたく》、普段は四文屋で飲むことが多かったそうだ。

「おでん三串、茶碗酒三杯、併せて二十四文……偶に、いい気分になって五杯も飲んじまったよ、なんていい機嫌で帰って来て……ああ、そうだ。帰った途端に酔い潰れた日があって、その時はおでん六串と酒六杯だったって、翌朝は二日酔いで、寝込んでいましたっけね」

語るうちにお幹の目が潤んできた。

二十四文から三十二文の飲み食いで極楽気分、四十八文使った時には二日酔いに苦しんだ亭主の話題で、お幹は情愛を蘇《よみがえ》らせたのかもしれない。生きていた頃は鬱陶しい酒飲みだったとしても、死なれると寂しいものなのだろう。

「いけない、すみませんね。湿っぽくなってしまって」

お幹は笑顔を取り繕った。小次郎は懐紙を手渡した。礼を言ってそれを受け取り、お幹は目頭を拭った。

「それで、太次郎が亡くなった時のことなのだがな」

小次郎が本題に入ると、

「そうでしたね。あたしったら、無駄口が多くて。亭主は無口、女房は無駄口って、そんな夫婦でした……」

と、前置きをしてから、お幹は当日の太次郎の行動を明らかにした。

その日、太次郎は町内の火の番小屋に詰めていた。当番日だったのだ。陰気で無口な太次郎であったが近所付き合いは悪くなく、町内の寄り合いには必ず出かけた。とは言っても話し合いの場では滅多に発言せず、みなが決めたことに賛成するだけだった。

話し合いの後の、軽く一杯、が楽しみだったのだ。最初は大人しく飲んでいる太次郎だが、ほろ酔いとなった頃には饒舌《じょうぜつ》になり、面白かった草双紙とか古今東西の剣豪話を語るのが常だったとか。

「火の番小屋の当番になった晩もそんな調子だったようですよ」

お幹は言った。

「すると、番小屋で酒を酌み交わしておったのか」

小次郎が指摘するとお幹はしどろもどろになった。

「あ、いえ、その、ちょっとだけ、咽喉が渇いて」

「よい。咎めなどせぬ。それより、酒盛りをしておったのだな」

「その日の当番は町内のみなさんとうちの人を入れて四人だったそうです。暑気払いだってことになって、それで、まあ、軽く一杯だ、って。まだ、梅雨は明けていなかったんですがね。その日は五月晴れで暑かったんです。酒飲みは何でも飲む口実にしますけどね。うちの人に限らず、揃って呑兵衛だったんですから処置なしですよ」

呑兵衛が軽く一杯ですむはずはない。

番小屋ゆえ大した肴はなかったが、それでも呑兵衛同士、酒さえあれば話は盛り上がった。

「うちの人は酔うとよく能書きを垂れていましたよ。江戸っ子ってのは箸を割らねえんだ、ってね。肴を食べないで飲むのが粋だ、おれなんざ、指しゃぶって五合ぐらいいっちまうんだ、って。その癖、四文屋ではおでんを楽しんでいたんですけどね」

太次郎にしてみれば、箸を割らない、つまり肴は精々乾きものくらいで飲むのが酒飲みの粋だと思っていたのだろう。腹の足しになりそうな肴など置いてあるはずもない番小屋での酒宴では、太次郎の憧れる江戸っ子の飲み方ができたのかもしれない。

「で、夜五つになって半鐘が聞こえたんですって」

近くで火事が起きたことを示す早鐘ではなかったが、火事の方角を確かめようということになった。

「よせばいいのにうちの亭主ったら、自分が見てくるって」

太次郎は火の見櫓に上ったのだそうだ。他の者たちは太次郎さん一人に行かせたのが間違いだった、と悔いていたという。その晩の火事は大川の対岸で、風向きと火事の規模からして、馬喰町まで類焼することはなかった。

「火事がこっちにこないってことに安心したのか、早く酒を飲みたいって逸ったんでしょうかね、下りる際に梯子段《はしごだん》を踏み外してしまって、頭から真っ逆さまに……」

打ちどころが悪かった。

「あの人、自分が死んだこと、わかっていないんじゃないですかね」

死に顔は穏やかというか、いい気分で酔って帰った時の太次郎のようだったという。

「苦しまずに、好きなお酒を飲んで、くだらない話をくっちゃべって、そんでもってあの世に逝ったのがせめてもの救いですね。あの世でも、お酒を飲んでおだを上げているでしょうよ。安酒でね」

お幹はため息混じりに話を締め括った。

事件性はなさそうだ。

火の見櫓周辺に見かけない人物もいなかったという。加えて、太次郎が足を滑らせて落下するのを番小屋の明かり取りの窓から見た者もいた。

太次郎の死は事故で間違いないだろう。

「ところで、太次郎は宝珠屋で大黒像を買ったそうだな。もうずいぶん昔、五年も前のことだが」

小次郎の問いかけに、

「ああ、あれですか」

見映えのしない大黒さまですよ、とお幹は奥から大黒像を持って来た。

なるほど、金箔は剝《は》がれ、随分と有り難みがなくなっている。

「太次郎は仏像に興味を抱いていたのか」

小次郎は大黒像を手に取った。

「全然、そんな趣味はありませんし、信心深くもありません。ただ、この大黒像は何となく御利益がありそうだ、なんて言って買ってきたんですよ」

代金の五両は痛い出費であったが、店を出したばかりとあって商売繁盛を願ってお幹も咎めはしなかった。

「買った初めの頃こそ、あたしも亭主も朝な夕なに手を合わせていましたがね。そのうちに、構わないようになって、ほとけほっとけ、なんてうちの人も酔った時には軽口を叩いていましたけど」

気が向いた時には太次郎は大黒像を手に持ち、何やらぶつくさと呟いていたという。撫《な》でながら大黒像を拝んでいたため、金箔が剝がれ全体に黒ずんでしまったようだ。

「御利益があって、商いは繁盛しておるではないか」

小次郎が言う。

「繁盛とまではいきませんがね、お得意先も沢山できましたんで、何とか食べていけてますよ。大黒さまに感謝しないと」

お幹の言葉に小次郎は微笑む。

「亭主にも感謝しないとな」

「違いありませんね」

お幹はうなずいた。

大黒像を持つうちに小次郎は違和感を覚えた。見た目よりもずしりと重い。重過ぎる。

まさか、五千両の一部が隠されているわけではあるまい。五年前、火盗改が大黒像の中を調べているのだ。

小次郎は台座の底板を開けた。

途端に一文銭と一朱金、一分金がまじりあって落下した。更に奥に指を入れると紙に触れた。それを引っ張りだす。

表にはかかあへ、と記してあった。

小次郎はお幹に渡した。お幹は書付を開き目を通した。見る見るその目から涙が溢《あふ》れた。

「あの人ったら……」

どうやら、太次郎のへそくりだったようだ。太次郎はこつこつと小金を貯めていたのだ。

書付には、自分が死んだら暮らしの足しにしてくれ、とあったそうだ。

「おい、小判もあるぞ」

小次郎は中で引っかかっていた小判の紙包を取り出した。二十五両のいわゆる切り餅が二つだ。

「五十両！」

お幹は大きな声を上げた。

書付から、湯島《ゆしま》天神の富くじの当選金とわかった。四番富の五十両を太次郎は当てたのだ。日付からすると三年前である。

「あの人、そんなこと一言も言わなかった」

お幹はぼうっとした顔になった。

「しかも、全く手をつけていないようだな。全てをそなたのために、へそくりしておったというわけだ」

小次郎は言った。

数えてみると、小金も入れてざっと百両近く、太次郎はお幹のために大黒像の中に貯めていたのだった。

大黒像を抱きしめ、お幹はしゃくり上げた。

「余計なことかもしれぬが……酒飲みは箸を割らない、という言葉は酒飲みの粋を表すと同時に、肴に銭金をかけられない惨めさを江戸っ子特有の見栄っ張りで吹き飛ばす、という面もある。太次郎は江戸っ子の粋を楯に、安酒と安い肴で我慢していたのかもしれぬな。根っからの酒好きなのだ。五十両の富くじが当たった時くらい、上方下りの清酒を鯛や鯉を肴に味わいたかっただろう。しかし、そんな真似はしなかった。五十両当たろうが、普段通りの四文屋でささやかな祝杯を上げていたんだ。そなたのためにな……」

小次郎の言葉にお幹は何度もうなずき、

「ひょっとして、羽目を外しておでんを六串と酒を六杯飲んだのは、富くじが当たった日かもしれませんね」

と、笑みを浮かべた。

それには答えず、ほんわかとした気分で小次郎は萬年屋を後にした。

五

二日の夜、お紺は浅草の駒形堂へとやって来た。

狭い境内に人気《ひとけ》はない。

竹林があり、そこにお紺は身を隠した。しばらくして娘が入って来た。あちらこちら周囲を見回している。

鼈甲細工の髪飾りからして、昨日の昼間浅草寺《せんそうじ》で見かけた娘に違いない。

落ち着かないのか不安そうな顔で娘は心細そうに立っている。見ていて、お紺の方もはらはらしてきた。

書付に記された暮れ六つの鐘が鳴った。娘は出入り口の方を向いた。人通りは少ない。娘は時折、ため息を吐き、往来に出て周囲を見回す。

お紺も身構えた。

しかし、誰も来ない。

一体、どうしたのだろう。

四半時が過ぎた。

娘は辛抱強く待っているが、相変わらず人の気配はない。

娘は空を見上げた。

暮色に包まれた空は美しく、娘の不安な心中とは対照的である。

すると、出入り口から人の足音が聞こえて、はっとしたように娘は足音のする方を見た。

二人の男たちが入って来た。

「おお、別嬪《べっぴん》がいるぜ」

「よっ、姉ちゃん、遊ぼうぜ」

酔っ払いである。

「結構です」

娘は男たちから逃れようとした。

「あんただって、夜遊びしに来たんだろう」

男たちはしつこい。

「人と待ち合わせているんです」

娘が抗うと、

「いい男との逢い引きかい。羨ましいねえ。だけど、その前におれたちに付き合ってくれよ」

言うや手前の男が娘の腕を摑んだ。

「放して!」

娘は叫び立てる。

聞く耳持たず男は娘を強く引っ張った。身体の均衡を崩し、娘は前にのめった。

「止《や》めな」

お紺は竹林から飛び出した。

「なんだ、てめえ……」

突如として現れた見知らぬ女に、男二人は一瞬鼻白んだ。

「嫌がってるじゃないのさ」

お紺は臆することなく言い返す。お紺をまじまじと見て、

「おや、色っぽい姐さんじゃないか。いいぜ、あんたも仲間に加えてやるよ。二人と二人で丁度いいや」

男たちは目尻を下げる。

「願い下げだよ。嫌がる娘に力ずくで言い寄る野暮な男たちなんかね」

お紺は、娘の腕を摑む男の足を踏みつけた。

「何しやがる」

男は顔を歪めた。

もう一人が身構える前に、お紺はその男の頰を平手で打ち据えた。男二人に物怖じもせず、遠慮会釈なく平手打ちを浴びせるお紺を並の女ではないと思ったようで、

「けっ、おっかねえ」

男たちはほうほうの体《てい》で逃げ去った。

二人が居なくなり、

「ありがとうございます」

娘はお紺に頭を下げた。

「いいんだよ。それより、これ、あんたのだろう」

お紺は財布を差し出した。娘は両目を見開き、

「ああ、よかった」

と、破顔して財布を受け取った。米搗《こめつ》き飛蝗《ばった》のように何度も何度も頭を下げる。

「あたしは、紺というんだけど」

お紺が名乗ると、娘は名乗るのが遅れたのを詫びてから、

「由美《ゆみ》と申します。浅草並木町の鼈甲問屋、甲州《こうしゅう》屋の娘でございます」

鼈甲問屋の娘か。なるほど髪を飾る鼈甲細工の櫛や笄が見事なわけだ。

「悪いとは思ったけど、誰のものか知りたくて財布の中を検めたのよ」

中にあった書付の内容を見てしまったことを打ち明けた。

「それでね、ここに来れば持ち主に会えるかもって思ったわけさ」

お紺の行為を咎めるどころか、お由美はかえって恐縮した。

「それで、立ち入ったことを聞くようだけど、その書付の内容、穏やかじゃないわね」

お紺は言った。

「ええ……」

お由美はうなだれた。

「心当たりがあるのかい」

お紺は問いを重ねる。

「おとっつぁんは五年前、わたしが十二の時に亡くなったのです」

父は山で崖《がけ》から落ちて死んだ、と母親から聞かされて育ったのだそうだ。

「それが……」

成長するにつれ、父治平《じへい》は事故死ではなく不審死であった、という噂が耳に入ってきた。しかし、具体的にどんな状況であったのかを含め、まったく何もわからないのだという。

「山というと何処の……」

お紺が問いかけると、

「甲斐の国だと聞いていますが、身延山《みのぶさん》の近くだとか……ですがそれ以上のことはわかりません。おっかさんは、おとっつぁんの事故のことになりますと、急に口を濁して、それ以上は触れたがらないんです」

お由美は不安を募らせているものの、それ以上踏み込むことは家庭に混乱を呼ぶ、と遠慮しているそうだ。

甲州屋は名の通り、甲斐の国が発祥だという。先祖は身延山の麓近くの村の庄屋だったが、治平から三代前に鼈甲を商うようになり、繁盛して江戸に出た。今でも甲斐には先祖の墓があり、治平は墓参の際に山に登り、不幸にも転落死したのだった。

「親父さんが亡くなってからお店は……」

「おっかさんと兄が切り盛りしています」

八つ上の兄の陽太郎《ようたろう》はしっかり者で、同業の店に小僧で奉公に入り、二年前に戻ってきて店を継いだという。父の死後二年は、母親と番頭とで店を守《も》り立てていたそうだ。その間に、大奥御用達にもなった。

大黒柱治平の事故死後も甲州屋は繁盛している様子だ。

「そうだ、今夜は遅いから、もう家に帰った方がいいよ。あたし、送って行くからさ」

「でも……」

姿を見せない書付の主が気になるようだ。

「今夜は来ないよ。もう、半時以上過ぎているんだもの」

お紺は言った。

「もし、あたしが帰った後でやって来たら……何か深い理由《わけ》があって間に合わなかったんだとしたら、気を悪くして、大事なことを話してくれないのじゃないかしら」

未練が去らないのか、お由美は眉根を寄せた。

「絶対にそんなことはないよ」

お紺はお由美の不安を打ち消すように、きっぱりとした口調で否定した。

「どうして、そんなことがわかるんですか」

抗議するようにお由美は唇を尖らせた。乙女《おとめ》の純情さを物語るかのような仕草だ。

「こんなことを書いてくる奴は決して親切心なんて持っちゃいないんだ。反対に何か悪意があるのさ。人っていうのはね、悪意を持つとしつこいものよ。相手が嫌がるまで、いや、嫌がってから尚のこと、しつこくつきまとうんだ。だから、今夜どうして姿を見せなかったのか事情はわからないけど、きっと、また、お由美ちゃんに近づいてくる。連絡を寄越すよ」

お紺は断じた。

再びお由美の両目が大きく見開かれ、唇が震えた。

「ごめんね、怖がらせてしまったね」

お紺が気遣うと、

「あの、図々しいお願いなんですけど」

遠慮がちにお由美は切り出した。

「あたしに遠慮はいらないさ。何でも言ってみて」

お紺は気さくな様子で返した。

「もし、また、こんな書付がきたら、その時は相談に乗って頂けませんか」

「おやすい御用さ。お由美ちゃんの財布を拾ったのも何かの縁だし、乗りかかった船だもの」

躊躇《ためら》いもなくお紺は引き受けた。

「その時は、どのように連絡をしたら……」

お由美は首を捻った。

「柳橋の船宿、夕凪に連絡してくれたらいいよ。女将のお藤さんに言付けてくれれば」

ひょっとしたら、治平の転落死は御蔵入改で扱うような事件になるのでは、と、お紺はそんな予感に駆られている。

「わかりました。連絡させてもらいます」

お由美はすがるような目をお紺に向けてきた。

「じゃあ、帰ろうか」

お紺はお由美を浅草並木町の店まで送っていった。

不思議な因縁を感じた。

「お紺さん、本当にありがとうございました」

別れ際、お由美は何度も礼を言った。お紺もお由美が他人とは思えなくなっていた。それにしても、お由美の父の死に、一体、どんな秘密が隠されているのだろうか。

「不穏だね」

呟いてから、自分も相当のお人好しだと、苦笑が漏れた。

六

明くる三日、小次郎と武蔵が夕凪に聞き込みの報告にやって来た。

まず武蔵が堀川堂の佐兵衛に会って来た話をした。

「佐兵衛って男は何ていうかな。探索とは別に、あいつと飲んだんだが、何だかおれは気の毒になってしまったよ」

武蔵らしくもなく感傷に浸っているかのようだ。

「おまえにも人生の機微というものがわかるようになったのだな」

但馬は笑った。

「足利《あしかが》の世から続く老舗菓子屋を差配しながらも、暮らしぶりはその辺の町人と変わらない……ま、当然だがな」

何やら悟りの境地に達したかのような武蔵の口ぶりであった。

「大門殿のおっしゃられること、わたしにもよくわかります」

小次郎も同意した。

「そうかい、あんたがおれに賛同してくれるなんて珍しいな」

武蔵は苦笑した。

「わたしは何でもかんでも大門殿のお考えに異を唱えているわけではありません。賛同する点があれば、躊躇することなく賛同申し上げます」

小次郎らしい生真面目さで口にした。

「ほう、そうかね。おれには、一々反対してるとしか思えないがな」

武蔵は憮然として返した。

「おいおい、せっかく考えが合ったのだ。わざわざ、まぜっかえすことはなかろう」

但馬が間に入った。

「そら、そうか」

武蔵は引き下がった。

小次郎は、

「貸本屋、萬年屋太次郎の一件ですが、疑わしいところはありませんでした」

まずは結論から述べた。

次いで、番小屋に詰めていた者たちの疑いの余地のない証言を紹介した。

「わかった。事故で間違いなかろう」

但馬は結論づけた。

六体の大黒像を巡り、不幸な事故、自死が続いたようだ。盗んだ金の隠し場所を示す絵図面はまだ、五年前に宝珠屋から盗んだ者の手にあるということか……

盗人は、果たして絵図面に気づいているのだろうか。


七日の昼、但馬の下に権太郎と本村省吾がやって来た。

二人とも落ち着きをなくしている。

但馬が問う前に権太郎が口を開いた。

「ご近所の質屋、永田《ながた》屋が襲われました。主の茂助《もすけ》さんをはじめ、一家皆殺しにされたそうです。気の毒なことで……」

権太郎は怯えている。血相を変えて但馬に報せに来たということは、紋蔵や大黒像に関係しているのだろうか。本村省吾を同道していることがそれを裏付けているようだ。

取り乱した権太郎はいったん口をつぐみ、落ち着いてから話を続けた。

「すみません。恐ろしくて、要領を得ぬ話をしてしまいました。実は永田屋さんが法慶先生作の大黒像を持っていたんです」

「ということは、永田屋がそなたの店から大黒像を盗んだ張本人ということだな」

但馬が確かめると、権太郎はうなずいた。

「そういうことです」

「そなたは茂助を存じておったのか」

「灯台下暗し、とはこのことでございます。茂助さんとは親しくお付き合いさせて頂いておりました」

「大黒像が盗まれた頃、そう、五年前にはもう親しかったのだな」

「はい」

「永田屋は老舗の質屋なのか」

「茂助さんが一代で築かれました」

それまでの茂助は青物売りを生業としていたそうだ。

「それが、五年前に質屋さんを始められたんですよ」

「資金は」

「こつこつと貯めたお金と、女房の実家から出してもらったものだと、おっしゃっていましたけどね」

最初は小さな質屋だったが月日が経つごとに大きくなっていった。

「繁盛して大きくなっているのかと思っていたのですが、おそらくは大黒像に秘められていた絵図面で得たお宝を活用したのでしょう。一方で、時折、店にいらして目についた骨董品を買ってゆかれたのです。うちにとっては有り難いお得意さんでしたよ。思えば、うちから持ち出した大黒像のお陰で身代を築いたんで、そのお礼というか罪滅ぼしをしているつもりだったのかもしれませんがね。それにしても、裏切られた思いです」

悔しそうに権太郎は語り終えた。

「では、その茂助が殺されたのは、どさくさの紋蔵の仕業だと考えておるのだな」

但馬が念を押すと、

「間違いないかと存じます」

権太郎は断定し、

「先を越されてしまいました」

本村も悔しい、と呟いた。

「奉行所にはそのこと、訴えたのか」

但馬の問いかけにきっぱりとうなずき、

「御奉行所にも火盗改さまにも訴えました。目下、火盗改さまは紋蔵を追っておられます」

権太郎は答えた。

「茂助の質屋に我らの金が残っておって、それを紋蔵一味が奪い取っていったとしますと、どれくらいの金が残っておるのかわかりませぬが、我らとしましては望みを捨てるわけにはまいりませぬ」

熱い口調で本村は決意を示した。

「お気持ち、察するに余りあるが、さて、こうなるともう、わしの出る幕はないような気がするのだがな」

但馬は言葉通り、戸惑いを覚えていた。

広い江戸で紋蔵を見つけ出すとなると、人手がいる。いや、そもそも江戸に留まっているのかどうかさえ不明だ。

御蔵入改方の手に負える役目ではない。

「そんなことはございません。これからでございます。これから、いよいよ、荻生但馬さまのお力をお借りしたいのです」

権太郎は意気込んだ。

「ほう、それは……」

　但馬は権太郎と本村の顔を交互に見た。

「いかにも、その通りでござる」

　本村も願いを重ねた。

「引き受けよう。で、何をすればよい」

　但馬は腕を組んだ。

「今宵、お付き合い頂きたいのです」

　権太郎は声を潜めた。

「いかにも」

　本村も言った。

「何処へだ」

「紋蔵一味の隠れ家です」

　本村が言った。

「なんだ、わかっておるのか」

　それなら自分を頼ることもなかろうと思いながら、但馬は問い直した。

「間違いありません」

確信を持って本村は答えた。

「では、火盗改に伝えればよかろう」

但馬が勧めると、

「火盗改には頼りたくないのです」

強い口調で本村は言った。

但馬がおやっという顔をしたのを見て、権太郎が間に入る。

「火盗改さまが紋蔵一味を捕縛し、盗まれたお金を回収しますと、本村さまは御家再興の資金が得られなくなります」

本村がうなずいて言い添える。

「火盗改は、紋蔵一味が盗んだのは我らが御家の金ばかりではない、と見当をつけております。よって、金を回収したとして、その大半は公儀の勘定所に納められることになるでしょう。それでは、五年になんなんとする我らが夢、御家再興が水の泡となるのです」

本村の悲痛な顔を見れば、同情も寄せたくなる。

「そなたらの気持ちに水を差すようで申し訳ないが、わしも公儀の役人の端くれ、徳川家の禄を食《は》む者だぞ」

但馬が苦笑すると、

「それを承知でお願いするのです。ですから、せめて荻生さま、紋蔵一味が盗み出した金のうち、いくらかを当家再興に役立てられるよう、わたしが金を確保するのをその場でお認め頂きたいのです」

本村は言った。

「もし、紋蔵一味が奪った金を使い果たしていた、としたら……」

但馬は問いかけた。

「その時は……いや、その時こそ諦《あきら》めがつきます」

本村は真摯《しんし》な表情で答えた。

「そうか……」

但馬は考えた。

「お願い致します」

重ねて本村が頼んできた。

「荻生さま……」

権太郎も訴えかける。

「わかった」

但馬は承知した。

「ありがとうございます」

本村は声を弾ませた。

「ならば、案内致せ」

但馬は腰を上げた。

サーベルを持ってゆこうかどうか迷ったが、まずは様子を確認するだけだと大刀を腰に差した。暑い盛り、小袖に袴、羽織は重ねず菅笠《すげがさ》を被った。


本村と権太郎の案内でやって来たのは、根津権現《ねづごんげん》裏手にある荒れ屋敷であった。強い日差しが降り注ぎ、蟬の声がかまびすしい。

「ここは……」

但馬が問いかけると、

「新藤家所縁《ゆかり》の寺であったのです。それが、新藤家改易と共に衰え、弱り目に祟り目《たた》とはまさにこのこと、大火に見舞われましてな。それ以来、住職不在で放置されたまま、いつしか廃寺となってしまったのです。それをよりによって紋蔵が隠れ家として目をつけたのです」

本村の顔つきは憎悪に満ちていた。

恨み骨髄のようだ。

権太郎が荒れ果てた境内に足を踏み入れた。夏草がぼうぼうと生い茂り、境内とは思えない荒れ地になり果てている。廃墟と化した一角にどうにか原形を留めている庫裏《くり》らしき建物があった。

やぶ蚊を手で払いながら但馬は菅笠を上げ、崩れかけた庫裏を見やった。

何やら賑やかな声が聞こえてくる。

但馬たちは耳をすませた。

どうやら酒盛りをしているようだ。

「けっ、祝杯を上げているようですよ」

権太郎が舌打ちした。

「許せぬ」

本村は抜刀し、庫裏に向かった。

「本村さま、いけませんよ」

慌てて権太郎が引き留めた。

しかし、昂《たかぶ》る本村の耳には入らず、単身で庫裏の中に踏み入って行った。

権太郎は不安げに但馬を見た。

「おまえは、ここで待て」

権太郎に告げ、但馬も庫裏に向かおうとした。すると、

「ひえ〜、お助けを」

権太郎が悲鳴を上げ、但馬にすがりついてきた。

暑苦しい奴と不快に思いながらも、

「どうした」

問い質すと、

「へ、蛇が」

権太郎が自分の足元に目をやる。

雑草に埋もれた権太郎の足首に木の枝が載っている。

苦笑し、

「落ち着け、枯れ枝だ」

但馬は指摘した。

しげしげと足元を見やった権太郎は、申し訳ございませんと詫び、照れ臭そうに枯れ枝を蹴飛ばした。権太郎を待たせたまま、但馬も庫裏に駆け込んだ。

出入り口らしき戸口に至ったところで、

「おのれ、紋蔵！」

本村の怒声が響き、次いで男の断末魔の叫びが聞こえた。

菅笠を脱ぎ捨て雪駄《せった》のまま上がると、但馬は廊下を突き進む。所々、穴が空いているため、足を取られまいと用心しながら広間に至った。板敷が広がっている。

血染めの本村が血刀を提《さ》げて立ち尽くしていた。

板敷には二人の男が倒れている。

男たちの前には五合徳利と湯呑み、それにスルメの盛られた皿が転がっていた。

「こいつが紋蔵です」

本村は足元で絶命している男を見下ろした。そこへ、権太郎がやって来た。肩で息をしながら、

「ひええ」

と、亡骸《なきがら》に驚き目をそむけた。

横を向いたまま懐中から人相書を取り出し、但馬に手渡した。昨日、店を訪れた火盗改から手渡されたそうだ。

但馬は人相書と男の顔を見比べ、紋蔵だと確認した。

「抗いましたので、かっとなり斬り捨ててしまいました」

本村は言った。

改めて但馬は二人の亡骸を見下ろした。紋蔵の傍らには匕首が転がっている。

「お宝は……千両箱は……」

権太郎は亡骸には視線を向けず、周囲を見回した。

本村も探す。

すると、暗がりに千両箱が置いてあった。

「あった！」

権太郎は喜び勇んで千両箱に駆け寄った。両手で抱えて戻ってくると、但馬と本村の前に置く。

「どうやら、一つは残してあったようですよ」

笑みを浮かべ権太郎は言った。

「まあ、ないよりはましか」

本村も仕方ない、と受け入れた。

七

「開けてみますか」

但馬たちの返事を待たず、権太郎は蓋に両手をかけたが、

「あ、こりゃ、失礼しました」

と、慌てて本村に頭を下げる。

「構わぬ、開けてくれ」

本村は権太郎を促した。わかりました、と勇んで権太郎は蓋を開けた。

ところが、

「あれ……」

素《す》っ頓狂《とんきょう》な声を上げ、やがて千両箱の傍らにしゃがみ込む。本村も失望のため息を漏らした。

中には小判の紙包み、すなわち切り餅が二つあるだけだ。

「たった五十両か」

本村は切り餅二つを両手で摑んだ。

「まったく、こいつら、好き放題に使ってやがったんですよ」

権太郎は憤りを示した。

本村も歯噛みした。

但馬は黙っている。

「これでは、とてものこと、御家再興など叶いませぬ」

本村は肩を落とした。

「ほんと、お気の毒です」

権太郎は同情を示した。

「仕方がない。我らが五年前に盗まれたのが手抜かりであったのだ」

本村は悔しさを滲ませた。

「でも、五十両でもないよりはましですよ」

慰めるように権太郎は本村を見やった。

「まあ、それはそうだが……これはやはり火盗改に納めよう」

本村は言った。

「何もそこまでなさらなくても……」

上目遣いで権太郎は止めた。

「いや、構わぬ。それがよい」

権太郎に自分の考えを伝えてから本村は但馬に向かって、

「荻生殿、まことにお手数ですが、貴殿から火盗改に返してくだされ」

と、頼んできた。

「まこと、それでよいのか」

穏やかに但馬は確かめた。

「はい、悔いはござらぬ」

力強く本村は答えた。

「ご立派なことですよ。本村さまは御家の大事なお金を盗み取った、どさくさの紋蔵を退治なさったんですからね。火盗改さまから褒美を頂戴できるんじゃないですか」

権太郎が期待の目を但馬に向けてきた。

本村はお構いなしで、

「これで、不本意ながらも決着はついたな。どさくさの紋蔵は退治された。本来なら火盗改に突き出したかったが……荻生殿、お付き合いいただきありがとうございます」

と、但馬に礼を言った。

「そうですよ。すっかり、荻生さまにはお世話になりました」

権太郎も深々と頭を下げた。

「なに、礼などいらぬ。第一、今回は何も働いておらぬのだからな」

但馬は返した。

「そんなこと、ございませんよ」

権太郎は気を遣った物言いをした。

「そのようなことは、ある！」

強い口調で但馬は返す。

権太郎がおやっという顔をした。

「わしは、何もしておらぬぞ」

きっぱりと但馬は言った。

「そんなことは……」

権太郎が言い返そうとするのを本村が制し、

「何かご気分を害されるようなことがございましたか」

と、但馬に問うてきた。

「気分を害するというより、強い疑念が胸に渦巻いておる」

但馬は言った。

「疑念……ですか」

本村は首を捻った。

但馬は紋蔵ともう一人の男の傍らに屈《かが》み、血に染まった着物の襟をはだけた。二人とも右の脇腹を刺し貫かれていた。

それを確かめてから立ち上がり、但馬は本村を向く。

「本村殿、斬ったとおっしゃったが二人とも刺しておられるな」

一瞬の戸惑いを見せた後、

「ええ、そうですな。紋蔵の奴、匕首を抜いて突っかかってきましたので……」

やむを得ず殺してしまった、と本村は繰り返した。

「いや、そのことではない」

但馬は冷めた声で言った。

本村の額に汗が滲む。言葉が続かなかったため、蟬の声が沈黙を際立たせた。

「相手が匕首を振り回したり、突っ込んできたりした場合、大刀で防ぎ、しかる後に斬り捨てるものではないか」

但馬は大刀を抜き、見えない匕首を上から叩き落とす仕草をした。

続いて、

「あるいは……」

今度は下段から大刀を斬り上げた。

陽光を受け刀身が煌めき、本村は眩しそうに目をそむけた。

「咄嗟のことでしたので……」

本村はしどろもどろになって言い訳を並べようとした。

それを制し、

「それと、何故、紋蔵ともう一人の男の右脇腹を刺したのだ」

但馬は大刀を鞘に納め、自らの脇腹を指差した。

「ですから、咄嗟のことで、拙者、気が動転してしまいまして」

本村は目を伏せた。

「もう一人の男……紋蔵の手下であろうが、手下は丸腰だ。にもかかわらず、貴殿は手下の方から刺し殺しておるな。わしがここに入る直前、『紋蔵！』という貴殿の怒声を聞いたぞ。すると、紋蔵は手下を刺殺されて、自らの身の危険を察し、匕首を抜いた、と考えられる」

言葉を止め、但馬は本村の答えを待った。

重苦しい空気が漂う。

権太郎が、

「荻生さま、本村さまは必死であられたのです。何しろ、五年も追いかけてきた紋蔵がようやく見つかったのですから」

と、本村を庇《かば》った。

「そうだな。五年も捜し続けた紋蔵が見つかったのだ。さぞや、気が逸ったことであろう。ところで、どうやって見つけたのだ。火盗改を出し抜いてよく見つけられたものだな」

但馬は問いを重ねた。

本村はちらっと権太郎を一瞥《いちべつ》した後、

「新藤家所縁のこの寺の荒れようを憂えて、再建できぬものか、と検分のため立ち寄ったところ、紋蔵を見かけたのでござる」

と、答えると、

「こりゃ、仏さまのお導きですよ」

権太郎が言い添えた。

「立ち寄ったら偶々見つけたというなら、幸運であろうし、まさしく仏の導きかもしれぬな。だがな、二人の刺し傷は偶然でも仏の導きでもない。これは、必然、つまり、左利きの者による刺し傷だ」

但馬は本村を睨《にら》んだ。

汗まみれとなった本村は肩で息をし始めた。

「権太郎、紋蔵は左利きであったな」

但馬に問われ、

「そ、そうでしたか……」

権太郎はしどろもどろになった。

「猪原法慶に弟子入りしようとしたが左利きを嫌われて叶わなかった、とその方は申したぞ」

但馬の追及に権太郎は、「そうでした」と顔を引き攣《つ》らせた。怯えた目で本村を窺う。

「権太郎、どさくさの紋蔵が江戸に出没したらしいとは火盗改から聞いたのだな」

この問いかけに、「そうです」と権太郎は短く答えた。

「火盗改は紋蔵を追っていた。紋蔵を追いつめていたのだ。そこで、紋蔵は絶対に追われないようにしようと考えた。それは、自分をこの世から消す、という方法だ」

但馬は床に転がる手下を見下ろし、

「権太郎、よく見ろ。この男に見覚えはないか」

と、問いかけた。

亡骸から顔をそむけていた権太郎であったが、但馬に促され恐々《こわごわ》視線を向けた。

すると、権太郎は大きく目を見開き、

「か、火盗改さまです」

声を上ずらせながら答えた。

と、次の瞬間、本村が左手で刀を抜き但馬に突き出した。

素早く但馬は右に避《よ》けると同時に抜刀し、下段から斬り上げる。

鋭い金属音が響き本村の手から刀が離れ、床に転がった。

但馬は刀の切っ先を本村、いや、どさくさの紋蔵の鼻先に突き付けた。観念したのか、紋蔵はあぐらをかきそっぽを向いた。

「では、火盗改さまは……」

権太郎は、自分に人相書を渡した火盗改が、実は紋蔵の手下だったとやっとわかったようだ。

「自分が逃れるためなら手下も殺すとは、悪党の極みだな。おまえが初めて夕凪に顔を見せた時、おや、と思ったのだ。左側に刀を置いて座ったからな。この浪人、もしや左利きなのか、と」

但馬の言葉に紋蔵は答えようとしない。

構わず、但馬は続けた。

「盗んだ金の隠し場所を描いた絵図面など最初からなかったのだ。猪原法慶作の大黒像に隠したという噂は、おまえが流したのだな。おまえは、わざと権太郎の店から大黒像を盗み、火盗改を翻弄した。で、江戸を出てほとぼりが冷めるのを待った。戻って来て、火盗改の追及が続いているのを知り、一芝居打ったのだ」

新堂家の旧臣になりすまし、権太郎に近づいた。六体の大黒像にまつわる絵図面の話を蒸し返し、火盗改の目をそらし、権太郎に御蔵入改方を頼らせた。

荻生但馬を、紋蔵成敗と盗んだ金の一部を回収したものの返上したことの証人にし、火盗改の追及から逃れようとしたのだ。

「永田屋さんは……茂助さんは、関わりないんですか」

権太郎が問いかけてきた。

「茂助は自分で言っていたように、青物売りでこつこつ貯めた金と女房の実家からの援助で質屋を開いたのだろう。紋蔵はおまえの店で、永田屋が五年前に開いたことを耳にして、茂助を絵図面入りの大黒像の持ち主、つまり犯人に仕立てることを思いついたのだろう。で、無残にも一家を皆殺しにして、紋蔵一味が取り返しにきたと見せかけたわけだ」

但馬が語り終えると、

「なんて、悪党だ」

権太郎はしゃがみ込むと、あぐらをかく紋蔵の襟首を摑み激しく揺さぶった。

「罪を償わせなければならぬ」

但馬は権太郎を止めた。

「斬ってください。こんな奴、斬り捨ててください」

権太郎は懇願したが、

「火盗改に突き出す。五年間追いかけておったのだ。火盗改ならこいつをしっかりと取り調べ、吟味の末、死罪にするだろう」

但馬は静かに返した。

蟬の声が荒れ屋敷を覆った。どさくさの紋蔵に年貢の納め時だと告げているようであった。

第四話　消えた隠居資金

一

文月《ふみづき》（陰暦七月）三日、暦の上では秋を迎えたが酷暑が続いている。空は薄く曇っているが日輪が雲から顔を覗かせ、風のない油照りの昼下がりだ。人ばかりか大地も炎暑に苦しめられているようであった。

夕凪の二階で何人もの男女が顔色をなくしていた。

お藤に促され、話をすべく誰とはなしに顔を上げた。十人以上の男女、しかも年寄りばかりが集まっている。

一同を代表して、お冬《ふゆ》という女が但馬に話をすることになっていたらしいが、自分は要領よくまとめられない、と躊躇いを示した。

そこへ、

「失礼します」

と、声がかかった。

お冬たちの顔に安堵の表情が浮かんだ。

階段を上る足音が聞こえ、若い侍が入って来た。額から汗を滴らせ着物の襟元も汗で黒ずんでいる。

若侍は但馬に一礼した。

男女が若侍のために膝送りして、但馬の近くに座れるよう空きを作った。

「御家人、本郷竹次郎《ほんごうたけじろう》と申します」

本郷はまず名乗った。

但馬がうなずいたところで、本郷は語り始めた。

「信玄講《しんげんこう》という講があります」

本郷は指で宙に文字を書きながら、「信玄公」ではなく、「信玄講」だと説明した。

但馬も聞いたことがある。銭金を騙《だま》し取る詐欺《さぎ》集団だと評判だ。となると、目の前の年寄りたちは信玄講の被害者ということか。

「ご存じかと思いますが、戦国の雄、武田《たけだ》信玄公は精強なる軍勢を以て周辺の国々を征しました。信玄公が強い軍勢を作り上げ得たのは甲州金によります。甲斐の国には金山があり、そこから豊富に金が産出されたのです」

本郷の話に但馬は首を縦に振る。

本郷は続けた。

「信玄公の代で金山は大方が掘り尽くされた、とされてきました。それ故、信玄公亡き後、勝頼《かつより》公は領地を広げながらも滅びの道を辿《たど》った、と。ところが五年前、甲斐の山中において金が出た、という話がまことしやかに流れたのです」

本格的な採掘にかかろうと講が組織され、武田信玄にあやかり、信玄講と名付けられた。

「それを主宰するのは、高坂山陽《こうさかさんよう》という浪人です。高坂は御師《おし》を使い、出資金を集めました」

高坂は武田家重臣高坂弾正昌信《だんじょうまさのぶ》の末裔《まつえい》と称して信玄講を主宰し、三千人もの出資者から一万両を超える大金を集めた。

高坂弾正は、馬場信春《ばばのぶはる》、山形昌景《やまがたまさかげ》、内藤昌豊《ないとうまさとよ》と共に武田四天王に数えられた名将で、兵学書『甲陽軍鑑《こうようぐんかん》』の著者とも伝えられている。それを聞いただけで眉唾《まゆつば》だと但馬は内心で苦笑した。

「高坂は一口、一分《ぶ》から募ったのです」

本郷は懐中から一枚の証文を取り出し、但馬に手渡した。そこには、金山が営まれた暁《あかつき》には出資に応じて金利を上乗せした金を払い戻すことが約定されている。

その額は出資金の倍である。

信玄講の御師たちは倍返しを約束して銭金を集めたのだ。

但馬が証文を本郷に返し、

「申しては何だが、うまい話には落とし穴があろう……」

と、言うと、そのことを痛感していたようで、みなうなだれた。

年寄りたちに代わって本郷が言った。

「もっともです。世の中、そんなにうまい話はありません。ですが、高坂の手先である御師たちは実に巧みに人々の気持ちを煽《あお》り、騙し取っていったのです」

暑くなったのか本郷は顔を朱に染めている。

開け放たれた窓からはそよとも風は吹き込まず、蜩《ひぐらし》の声と朝顔売りの売り声が本郷たちの気持ちを昂らせたようであった。

高坂の派遣した御師たちは、金額に応じた分銅金《ふんどうきん》もしくは砂金を入講者に示した。

「黄金色に輝く金の現物を、これみよがしに見せるのです。応じた者には出資金に見合う分銅金、もしくは砂金を与えます」

本郷の説明を聞き、

「その際、分銅金もしくは砂金は、きちんと出資金に相当する量であったのか。誤魔化《ごまか》しはなかったのか……」

但馬が疑念を呈すると、

「誤魔化しはなかったのです。銭金を預かる場には御師と共に両替商が立ち会い、秤《はかり》で分銅金、砂金を計りました。両替商は特定の者たち、つまり信玄講との繋がりが疑われるような者たちではなく、ちゃんと公儀の認可を受けた不特定の両替商でした。それゆえ、みなさん、信用してしまったのです」

騙された者に非はない、と本郷は言い添えた。

「ならば、倍額払い戻す約定はふいになったとしても、元金は分銅金ないしは砂金で保証されておるのではないか。それらを両替商で銭金に換えれば、手数料を差し引かれたとしても被害は最小限に食い止められると思うが」

この質問に対して、本郷はもう一つ証文を出した。

「預かり証でございます」

本郷に手渡され、但馬は証文をしげしげと眺める。出資金に相当する分銅金もしくは砂金を信玄講が預かるという証文だ。証文は一年ごとに書き換えられる。書き換えの際には金山開山時の倍返しとは別に金利一割が支払われた。一両分の分銅金もしくは砂金を預けたならば、一年で四百文が支払われるのである。

また、預かり証を信玄講に持参すれば、いつでも分銅金もしくは砂金を返すとも明記されていた。

金利もつくしいつでも返されることで、出資者は安心して信玄講に現物の金を預けたのだろうと但馬は思った。だが、それだけではない、と本郷は付け加えた。

「みなさん、大きな屋敷に住んでいるわけじゃないんです。長屋住まいです。金など現物で持っていたら、物騒ですし、火事にでも遭ったらおじゃんです。安全な場所に保管しておきたいと思うのは当然です」

「なるほど、高坂はそこにつけこんだのだな」

高坂の狡猾《こうかつ》さを但馬は思い知った。

「繰り返しますが、預かり証は一年ごとに書き換えられました。無事、金山が操業を開始したら、出資金の倍が払い戻される、ということを高坂は約束していたのです。ところが……」

本郷は口をへの字に曲げた。

「倍返しどころか、高坂は預かった金も返さないのだな」

但馬は言った。

「その通りです」

「高坂はどんな風に申しておるのだ」

但馬の問いかけに、

「金山は開山できなかった、と」

金の鉱脈を掘り当てることはできなかった、と言い訳している、と本郷は答えた。

「奉行所に訴えてはおらぬのか」

但馬は再び問うた。

みなのしょげかえった面もちからして愚問だったと、但馬はたちどころに悔いた。

本郷が答える。

「南も北も取り合ってはくれませんでした。相対済令《あいたいすましれい》を持ち出されましてな」

相対済令とは金の貸し借りについては当事者同士で解決せよ、という法度で、金銭の貸借に幕府や奉行所は介入しないというのが原則である。

本郷は続けた。

「しかし、これは金の貸し借りではなく、詐欺です。よって、そう訴えたのです。すると、北町が取り上げてはくれました」

本郷が中心となって訴えたのだが、奉行所に出頭した高坂山陽は、詐欺ではなく本当に金が発掘されると信じて採掘作業に当たった、と言い張った。

「詐欺とみなす証《あかし》はなく、高坂の罪は問えませんでした」

「みなから預かった銭金はどうしたのだ」

改めて但馬は問いかけた。

「発掘に使ってしまい、尚且《か》つ、自分は財産全てを費やして破産した、と申しております」

本郷は渋面となった。

「ふざけた者であるな」

但馬も怒りを募らせた。

「まさしく、このままですと泣き寝入りでございます」

本郷は歯噛みした。

みなの中から悔し泣きの声が漏れた。

「荻生さま、ここに集まった者たちはほんの一握りです。出資した者たちは、懸命に働きながら日々の暮らしの中で、爪《つめ》に火を灯《とも》すようにして蓄えた銭金を騙し取られたのです。盗んだり騙したりして得た銭金ではありません。隠居暮らしのために、額に汗して得た尊い銭金なのです」

気持ちを昂らせた様子で、本郷は身を乗り出した。

額に玉の汗を浮かべているものの、悪党許すまじ、と弱い者のために戦う闘志に溢れているせいか、暑苦しさの中にも清々《すがすが》しさが感じられる。

「なんとかしてやりたいのだがな……」

今回の一件はこれまでとは随分と毛色が違う。高坂山陽は悪党には違いないが、法度では裁けない。ならば、御蔵入改方として高坂を成敗すればいいのか。

いや、それでは解決にはなるまい。

高坂山陽を八つ裂きにしても足りぬほどの憎しみを抱いている者は多かろう。高坂が殺されれば留飲を下げる者も数多いるに違いない。しかし、それでは問題は解決しない。みなが熱望するのは、高坂の処罰と共に、預けた金が戻ってくることであろう。

「被害に遭った者の中には、首を括った者もおります」

本郷は言った。

せっせと働き、なけなしの銭を預け、それが一銭も戻ってこない、と知り前途に絶望して自死したのだが、

「預けた者には少しも非がないにもかかわらず、欲をかくから罰が当たったのだ、欲に目

が眩《くら》んだ挙句に大事な銭金を騙し取られたのだ、騙すのも悪いが騙されるのも悪い……、などと親戚や近所から批難されたみなさんもいるのです」

悲し気に本郷は言い添えた。

「お門違《かどちが》いも甚《はなは》だしいな」

但馬もやるかたない気持ちになった。

「ですから、何とか探索していただきたいのです」

本郷は訴えた。

「引き受けるのに異存はないが、どうすればよいのだ。高坂という男、相当にしたたかと見える。脅しつけたところで、金を返しはしないだろう」

但馬の見通しに、

「その通りだと思います。狡猾な奴なのです。しかし、集めた金を使い果たしたはずはありません。きっと、隠し持っているのだと思います。それを被害に遭ったみなさんに返金したいのです」

本郷は言った。

「隠し持っているのは確かなのか」

但馬が念を押す。

「あいつは、吉原で豪遊しております。無一文の者にできることではありません」

本郷の言葉に、座敷のあちらこちらから悔しげな呻き声が上がった。

「あいつに、みなさんへの謝罪と金の返還をさせたいのです」

強い意志を込め本郷は拳《こぶし》を握った。

「気持ちはわかった。わしもいかにすればよいか、思案してみる」

但馬が引き受けると、みな一斉に頭を下げた。

ふと、但馬は訊いた。

「そうだ。そなたは何故みなに肩入れしておるのだ」

本郷の熱意につい聞き入ってしまったが、そもそもこれほど熱心に被害者救済に乗り出している理由がわからない。

純粋な善意からであろうか。

「わたしは、自宅で寺子屋を開いております」

その寺子屋に通う子供の家が一家心中をした。七つと五つの兄妹であった。父親は飾り職人、母親は仕立ての内職をしていた。母親は自分たちの子供ばかりにではなく、寺子屋に通う子供たちにも菓子を差し入れてくれたり、寡男《おとこやもめ》である本郷の着物の綻《ほころ》びを繕ってくれた。父親は手先が器用で、雨漏りの修繕をしてくれた。

「一家はみなとても明るくて……好い人たちで……」

本郷は言葉を詰まらせた。

こみ上げるものを堪えながら本郷は思いを語った。他人事ではなく、高坂山陽と信玄講への怒りに震え、本郷は被害者救済に乗り出したのであった。

「先生はあたしらのために、立ち上がってくれました」

お冬は言った。

「わたしは無力な御家人です。わたしだけでは手に余るのです。ですから、荻生さまにおすがりしようと……むろん、お礼はさせて頂きます。と、申しましても五十俵二人扶持の貧乏御家人ゆえ、大した謝礼は出せません。ですから、勝手ながら、取り返した金からみなに少しずつ出し合ってもらい幾らかでも工面しようと……」

本郷は頭を下げた。

「礼金はともかく、わしも力を尽くそう」

但馬は請け合った。

「ありがとうございます」

本郷は、自分も但馬任せにはせず手となり足となり奮闘する、と言い添えた。

「うむ、探索の際は頼むとしよう」

但馬は言った。

「わたしは信玄講の被害を受けた者をあらかた結集しております。信玄講に金を返すよう、連日嘆願に押しかけさせています。嫌がらせにしかなりませんが、高坂に少しでも罪の意識を持たせたいのです」

本郷はみなを見回した。

信玄講の本拠は根津権現の裏手にあるそうだ。

そこへ、慌ただしい足音と共に喜多八が駆け込んで来た。髷が乱れ、顔中汗まみれ、尻はしょりにした派手な小紋の小袖の襟もはだけている。

喜多八は大勢の男女にたじろぎ、立ち尽くした。

「どうした、急用か」

但馬に聞かれ、

「騙されたんでげすよ。ひどい奴がいたもんだ。なけなしの十両を……こつこつ貯めた十両を……信玄講に騙し取られました」

上ずった声で語ると、喜多八はへなへなと膝から頽れた。

二

その日、堀川堂の番頭佐兵衛はお得意先回りのついでに、暖簾分け後の店の様子を見に行った。

永代寺《えいたいじ》門前町という好立地である。主人頑右衛門の厚意で、所有している三軒長屋をもらい受け、改装中である。

来年の開店だから気が早いが、頑右衛門も頑太郎も千両みかんの一件で気を良くしたのか、早い方がいいよ、と大工の手配をしてくれたばかりか、改装費まで肩代わりしてくれている。

頑右衛門の気の変わらないうちにやってもらおうと、早々に改装にかかったのだ。

第二の人生だ。

女房のお蔦と暖簾分け後の暮らしについて語り合った。思えば夫婦となってから、じっくりと話したことなどない。日々の仕事に追われ、お蔦の話に生返事ばかりしてきた。

お蔦の望みなど聞いてもいなかったのだ。

夫婦で一緒に旅はおろか湯治に出かけたこともない。

老舗菓子屋の番頭として店の切り盛りをしてきたため、店の経営状態は一銭単位まで頭の中に入っている。ところが、家のやり繰りはお蔦任せにしてきた。お蔦は贅沢をしたがったりはしない。着物や小間物をねだることもなかった。

年に二度、頑右衛門が手代以上の奉公人とその家族を芝居見物に招き、その後、料理屋で宴会を催してくれる。

番頭となってから、番頭の女房が着たきり雀では体裁が悪いとよそ行きの着物を買ってやったが、お蔦は古着で満足していた。

「湯治にでも行くか」

佐兵衛はお蔦を誘ってみた。

「いいんですよ、気を遣ってくれなくたって」

お蔦は遠慮した。

そうは言っても、何かやりたいことがあるだろうと佐兵衛は尋ねた。お蔦はあと五年頑張ってください、と言った。

五年経ったら、店を長男に任せ、足腰が丈夫なうちにお伊勢参りや上方見物をしたい、と言うのだ。長男の吉太郎《きちたろう》は醤油問屋の手代で、商いを学んできている。菓子屋の製造と商いを覚えるため、来年から店で奉公させるつもりである。

漠然と暖簾分け後の暮らしを考えるだけで佐兵衛は張りが出た。五十五で隠居し、還暦までは旅や湯治を楽しむ計画だ。

改装には大工をやっている次男の吉次郎《きちじろう》が参加していた。一家が一丸となって佐兵衛の新たな門出に尽くしてくれていた。

だが、吉次郎は現場で怪我《けが》を負った。

右足の骨を折ったのだ。幸い骨は繋がり、間もなく復帰できそうだ。それを除けば改装、そして暖簾分けの準備は順調に進んでいる。

佐兵衛は大工一人一人に声をかけ、差し入れの饅頭を渡してから店へ戻ることにした。


店に戻るとお蔦が待っていた。

店になど滅多に来ないだけに、何かあったのか、と気になってしょうがない。

「今日、早く上がれないかね」

思い詰めたようなお蔦の顔を見れば、できないとは言えない。立ち話ではすみそうもない。

「じゃあ、今からでも帰るよ。今日は特別に忙しくはないから大丈夫だろう」

近所の甘味処でお汁粉でも食べようと佐兵衛が誘うと、お蔦は浮かない顔で承知した。

お蔦を先に行かせ、佐兵衛は頑右衛門の許しを貰って、甘味処に向かった。

暖簾を潜ると、小卓に添えられた樽にお蔦は座っていた。うつむき加減の顔は相変わらず暗い。佐兵衛は殊更明るい声でお汁粉を二つ頼んだ。

「深川のお店、見てきたよ」

佐兵衛は改装の様子を語った。

お蔦は生返事である。

程なくして出されたお汁粉にも手をつけようとしない。

さすがに無視できず、

「どうしたんだ」

と、落ち着いた声で問いかけた。

はっとしたようにお蔦は顔を上げ、

「おまいさん、勘弁して……ごめんなさい」

と、何度も頭を下げた。

唐突に詫びられ、佐兵衛は戸惑った。周囲の目も気になる。だが、店内にまばらにいる女性客は、各々の話に夢中でこちらに視線を向ける者はいない。店員も接客に勤《いそ》しんでいた。

「なんだい、藪《やぶ》から棒に……あたしに内緒でへそくりでもしてたのかい」

砕けた調子で佐兵衛は言った。

「それがね……」

お蔦は袂から書付を取り出した。

それは信玄講への出資証書と分銅金の預かり証であった。証文は複数枚あり、金額を数えると百両を超えた。

「こんな大金……」

佐兵衛は絶句した。

へそくりで貯まる金額ではない。

信玄講とは今世間を騒がせている詐欺集団ではないか。

「これ、どうしたんだい」

穏やかではいられない。お蔦が言うには信玄講に出資したそうだ。金山が開山すれば倍になるという約束を信じていたという。毎年、預かり証を書き換え、利息一割は支払われていたために疑っていなかったのだ。

「しかし、どうやって百両もの金を出資できたんだい……」

落ち着けと自分に言い聞かせても、つい強い口調になってしまう。

「借りたの」

蚊の鳴くような声でお蔦は答えた。

信玄講は出資者を募る際、分銅金や砂金が本物であることを証明するために両替商を同席させた。両替商は金が本物だと証明するのに加え、貸付も行っていたのだった。

「本当にごめんなさい。あたし、儲《もう》け話にまんまと乗ってしまって」

五十両は蓄えから出し、残りの五十両を両替商から借りて調達したのだそうだ。

「信玄講って、詐欺だったそうじゃないか」

力なく佐兵衛は言った。

「だから、一銭も戻ってこないんだよ」

お蔦は大粒の涙を溢れさせた。それを見て、佐兵衛もどうしていいかわからなくなり、絶句した。

だが、何か手は打たなければならない。

「両替商は、何と言っているんだい」

佐兵衛は確かめた。

「期日通り返せって」

お蔦は答えた。

年利二割だそうだ。

五十両の年利二割、つまり毎年十両の金利が発生しているから五年で五十両、元金と併せて百両を返さなければならない。但し、年に一度の預かり証の書き換えの際、年利一割が信玄講から支払われていたため、その配当五十両をへそくりとして貯めていたお蔭で五十両の返済で済む。

とは言え、金山が開かれれば二百両が手に入ると信じていたのに、手持ちの五十両と両替商からの借金五十両で計百両が消えてしまったのである。

「暖簾分けしてもらってからの足しになるかと思って、ついつい手を出してしまったんだよ」

声を詰まらせお蔦は言い訳をした。

つい先ほどまでは、隠居後の暮らしに夢を馳《は》せていたのだ。

それが……

足元から未来が崩れ落ちてゆく。

「おまいさん、離縁しておくれな」

お蔦は小卓に手をついた。

「馬鹿なことを言うんじゃない」

即座に佐兵衛は諫めた。

「でも、こんなに大きな借金を作ってしまって。おまいさんが長年ご奉公して、暖簾分けしてもらって、いよいよお店が持てるって時に、それにケチをつけるような真似をしてしまったんだよ。女房失格だよ」

お蔦は泣き崩れた。

「泣かなくていいよ。ものは考えようだ。借金は五十両ですんだ、と思えばいい。おまえだって、遊んで暮らしていたわけじゃない。ずっと尽くしてくれた。子供たちを育て、家を守ってきてくれたんだ。あたしに代わって町内の寄り合いにも出てくれたじゃないか。なに、五十両なんて返せない金じゃない。旦那に掛け合って、暖簾分けの際の慰労金を前借するよ」

安心させるため、佐兵衛はことさら笑顔を浮かべた。

「申し訳ないね」

再びお蔦は頭を下げた。

「だから、めそめそしなさんなって」

腹を括り、佐兵衛は言葉に力を込めた。

お蔦はしゃくりあげた。

「お汁粉、食べよう」

佐兵衛が促すと、やっとお蔦は箸を取った。


二人で家に戻った。

吉次郎がどうにか歩けるようになった、と玄関で出迎えた。一刻も早く現場に戻りたいのか寝間着ではなく、印半纏に腹掛けという大工姿だ。

「無理するなよ。病も怪我も治りかけが大事なんだからね」

佐兵衛が気遣うと、

「もう、大丈夫だ。何時までも休んでちゃ、親方や仲間に迷惑かけるからさ」

明るい顔で吉次郎は言った。

「おまえは、仕事熱心だな」

佐兵衛はうれしくなった。

「これから清涼院《せいりょういん》へ行ってくる」

吉次郎は言った。

「なんだい、それは」

佐兵衛は首を傾げた。

「足にね、とってもいい治療をしてくれるんだよ」

「そうかい。そりゃいいけどね」

佐兵衛は訝しげに言った。

吉次郎は右足を庇いながら家を出て行った。

「そんなに効くのかい」

佐兵衛はお蔦に訊いた。

「骨折とかね、肩凝りとか、腰痛とかに、効き目があるんだって評判だよ」

お蔦は言った。

悩みごとを打ち明け、解決できそうな見通しが立ったためか、表情は穏やかだ。

「鍼《はり》かい」

「鍼じゃなくってね、何ていうのか、手を翳しただけで良くなるんだって」

お蔦は手を突き出した。

「ふ〜ん、そんなもんで怪我が良くなるものなのかね」

佐兵衛は首を捻った。

「よくわからないけど、いいみたいだよ。ありがたいお水も貰ってくるんだ」

お蔦が言うには吉次郎はその水を沸かして盥《たらい》に入れ、骨折した足を浸しているのだとか。

ありがたい水は盥一杯で一両、治療費は一回一分《ぶ》だとか。吉次郎は大工で得た手間賃のほとんどを費やしているそうだ。

なんだか、釈然としないが、吉次郎の足が良くなるならいいか、と佐兵衛は深くは考えなかった。

三

明くる朝、佐兵衛は頑右衛門に折り入って話がある、と申し出た。

頑右衛門は話を聞くため居間で待っていた。神棚の下、長火鉢の向こうに頑右衛門は座っている。庭に面した居間は障子が開け放たれ、松が影を落とし、風がいい具合に吹き込んでくる。軒に吊るされた風鈴が涼し気な音色を響かせていた。

縁側には朝顔の鉢植えが並べられていた。朝顔師が丹精込めて栽培した変化《へんか》朝顔で、白、紫、紅、と花の色合いに変わりはないが、花や葉は朝顔とは思えない変わった形状をしている。

にこにこしながら、

「なんだい、改まって」

煙管《キセル》に火を付け、頑右衛門は問いかけてきた。

「お蔭さまで、深川の店の改装もうまい具合に進んでおります」

佐兵衛はまず礼を言った。

「そりゃよかった。おまえのことだ、堀川堂の看板をより一層輝かせてくれるって、あたしも頑太郎もね、大いに期待しているんだよ」

頑右衛門は笑みを深めた。

前借を頼むのは後ろめたいが、背に腹は代えられない。

佐兵衛は頭を下げて、

「一つ、お願いがあるんです」

と、断りを入れた。

「何だい、言ってごらんよ。そんな固くなることじゃないだろう」

気さくな調子で頑右衛門は言った。

「ええっと、暖簾分けの際に……その、頂戴できるお金なんですが、そちらを前借できないかと思いまして」

言い辛そうに佐兵衛は申し出た。

意外だったようで頑右衛門は答えに詰まったものの、

「ああ……そうかい。そりゃま、構わないけど。どうせあと半年もすれば支払うつもりでいるんだし……何かまとまったお金が入用なのかい」

「ええ、まあ……」

佐兵衛は口ごもった。

「あたしにも言えないことなのかい」

頑右衛門は怪訝《けげん》な顔をした。

下手に頑右衛門の不信を買わない方がいい。正直に打ち明けよう。

そう思っても、

「それが……」

言い淀《よど》んでしまった。

「水臭いよ。何があったのか、腹を割っておくれな」

顔をしかめ頑右衛門は煙管の雁首《がんくび》で長火鉢の縁を叩いた。一瞬、か―んという鋭い音が風鈴の音色をかき消した。

意を決して、お蔦が金を騙し取られた一件を語る。

「みっともない話なんですが、女房が信玄講に引っかかってしまいました。出資金が戻ってこなくなっただけじゃなく、借金をこさえてしまったんです」

正直に打ち明けると、

「信玄講かい……評判は聞いているよ。詐欺まがいのことをやったらしいね。それなのに、信玄講を営む……ええっと、何とか言う武田家重臣の自称末裔はお咎めもなく、のうのうと暮らしているそうじゃないか」

頑右衛門は顔をしかめ、菓子屋仲間にも手を出して痛い目に遭ったのがいる、と言い添えた。

「ほんと、お上《かみ》もああいう輩を処罰してくれないといけません。世の中に示しがつきませんし、必ず真似をする悪党が出てきます」

佐兵衛も話を合わせた。

すると、頑右衛門はきょろきょろと周囲を見回した。佐兵衛と頑右衛門しかいないのに、人目を気にする素振りだ。

佐兵衛は黙って頑右衛門の言葉を待った。

「佐兵衛、あんたの耳には入っているんじゃないのかい」

「……何のことでしょう。あ、いえ、決して惚《とぼ》けているんじゃありませんよ」

頑右衛門の目を見返しながら佐兵衛は答えた。頑右衛門はうなずくと、

「お上が信玄講を咎めないのには訳があってね。信玄講が金を採掘していた山は、大奥御

年寄の桃山さまの化粧領にあるそうなんだよ。信玄講の主宰者は……ええっと」

「高坂山陽ですね」

「そう、その高坂は桃山さまの代理人から山を買ったそうなんだ。もちろん、桃山さまが信玄講に関係しているって、あたしは言っているんじゃないよ。だけど、口さがない連中の中には、お上は桃山さまを気遣って高坂を見逃したって、噂をしている者もいるんだよ。さすがに読売も書いてないけどね」

頑右衛門は、「桑原、桑原」と呟き、

「さわらぬ神に祟りなし……さわったら大奥に出入りなし、だ」

と、肩をすくめた。

佐兵衛の脳裏に、桃山の下で実務を担う美里の下ぶくれの顔が浮かんだ。御台所所有の氷室から取り寄せてもらったみかん一個に千両を要求した美里、欲で肥え太った美里ならば、高坂山陽との関係もまんざら絵空事ではないかもしれない。

そんなことを考えていると、

「おまえの気持ちはよくわかるよ。それで、いくら前借をしたいんだい」

頑右衛門は前借に応じてくれた。

「は、はい、その……百両ほどなんですが」

おずおずと佐兵衛は告げた。両替商への返済は五十両だが、この際、余裕をもって前借をしよう、と佐兵衛は考えた。

「百両かい……わかったよ。他ならぬおまえの頼みだ。いいよ、百両用意しようじゃないか」

頑右衛門は気持ちよく承知してくれた。

「ありがとうございます」

安堵の息と共に佐兵衛は礼を述べた。

これで、とりあえず借金はなくなる。慰労金の手取りは少なくなるが、商いが繁盛すれば百両くらいは取り戻せる。何なら、五十五で隠居する予定を一年や二年延ばしてもいいんだ。

働くのは嫌いじゃない。むしろ、大好きなのだ。

「ほんと、性質《たち》の悪いのが世の中に蔓延《はびこ》ったもんだ」

「いやあ、欲をかいちゃいけません。とんだ大火傷です。まあ、かみさんもあたしのためと思ってやったことなんで、そこはまあ、責めないようにしております」

佐兵衛は頭を掻《か》いた。

「そうだね、お蔦さんはしっかり者だ。そのお蔦さんが騙されたんだから、信玄講の連中、よっぽど口がうまかったんだろうよ」

　頑右衛門は慰めてくれた。

　するとそこへ、

「おとっつぁん、大変だよ」

と、頑太郎が入って来た。汗まみれなのだが、育ちの良さがもたらす茫洋《ぼうよう》とした人柄のせいか、少しも危機感が伝わってこない。

　佐兵衛は挨拶し、席を外そうとしたが、

「丁度いい、おまえもいておくれ」

と、頑太郎に引き止められた。

　いったん浮かした腰を落ち着け、佐兵衛は頑太郎を見た。

「佐兵衛の深川のお店がね、火事になってしまったんだよ。丸焼けだってさ」

　頑太郎は言った。

「火事……丸焼け……」

　そんな馬鹿な。

　佐兵衛は宙を見つめた。

「佐兵衛」

頑右衛門に声をかけられ佐兵衛は我に返った。

「旦那、深川へ行ってきます」

とにかく、店の様子を確かめようと腰を上げた。


永代寺門前町の店にやって来た。

頑太郎の言葉通り全焼している。近所の者の話では、酔っ払いが現場に入って寝煙草《ねタバコ》をして焼けたのだとか。不幸中の幸いは類焼に及んでいないことだった。

とは言え、一からやり直さなければならない。改装で済んだところが材木や壁材、瓦なども手配し直さなければならないのだ。大工の手間賃も一から発生する。

これ以上頑右衛門には頼れない。

果たして、どれくらいの費用がかかるのだろう。慰労金の前借分で間に合うだろうか。

黒焦げとなった店の残骸の前で佐兵衛は茫然《ぼうぜん》と佇《たたず》んだ。


その日の夕刻、佐兵衛は行きつけの煮売り酒場で茶碗酒を飲んでいた。今日も煮豆を肴に茶碗半分の酒を頼み、ちびちびとやっていたが、どうにもやりきれない。

昨日までは、前途に希望があった。隠居暮らしが楽しみだったのだ。

それが……

堀川堂に奉公して以来、決して順風満帆な半生とは言えなかった。商いで何度も逆風に晒された。しかし、堀川堂という大看板があり、大船に乗っていたことで、波乱に見舞われても沈没を免れてきたのだ。

それが、船から下りようとする間際に思わぬ嵐に襲われた。

「なんで、あたしが……」

信玄講を、寝煙草の酔っ払いを、恨んだところでどうにもならない。茶碗が空となり、もう半分を頼もうと思ったものの、

「もう一杯おくれな。茶碗になみなみと注《つ》いでおくれよ」

と、注文した。

主はおやっという顔をしたが、すぐに「ありがとうございます」と笑顔で応じた。

溢れんばかりの茶碗酒を受け取り、口から迎えに行った。

「やっぱり、こうでなきゃね」

酒を飲んだ気になれないよ、と柄にもなく佐兵衛は独りごちた。

その時、目の前に人影が現れた。

長男の吉太郎である。背の高い吉太郎は母親似だとよく言われる。

「深川の店がな、火事で丸焼けだよ」

佐兵衛は横にずれ、腰かけるよう促した。

「おっかさんから聞いたよ。ひどいことになったもんだ」

吉太郎は肩をすくめた。

飲むかい、と問いかけたが吉太郎はいらない、と断り佐兵衛の横に腰を下ろした。

「なんだい、慰めに来てくれたのかい」

佐兵衛は苦笑いを漏らした。

「それもあるけど、ちょっと、頼みがあるんだ」

言い辛そうに吉太郎は言った。

嫌な予感に囚《とら》われる。

またも嵐の到来か、と佐兵衛は身構えた。

「悪い女に引っかかっちまったんだ」

吉太郎は佐兵衛の顔を見ようとしない。

「なんだって」

一瞬にして酒が不味くなった。

茶碗を横に置いて、もっと詳しい話を聞かせろ、と言いつける。

がいた。

「一杯、飲んだ帰りだったんだ」

上野の池之端《いけのはた》で飲み、酔い覚ましに不忍池《しのばずのいけ》の畔《ほとり》を散歩していた時、道に蹲っている女がいた。

「具合が悪そうだったんで、大丈夫ですかって、声をかけたんだ」

大丈夫です、と返事をしたものの、女は立ち上がるやよろめいた。吉太郎は女を介抱した。女は目についた出会い茶屋で休みたい、と言い出した。

吉太郎は女を出会い茶屋まで送っていったのだが、

「そこで、色香に惑ったのかい」

不機嫌になって佐兵衛は吐き捨てた。

情けなさそうに吉太郎は詫びた。あとのことは聞かなくても想像ができた。

吉太郎は誘惑されるまま枕を共にした。

そこへ、

「男が踏み込んできた」

やくざ者である。

やくざ者は凄《すご》んだ。女は吉太郎に無理やり出会い茶屋に連れ込まれた、と男に訴えた。

「絵に描いたような美人局《つつもたせ》じゃないか」

呆れたように佐兵衛は苦笑した。

吉太郎は黙り込んだ。

「いくら、吹っかけられたんだい」

佐兵衛の問いかけに、吉太郎は右手を広げた。

「五両かい」

佐兵衛が確かめる。

吉太郎は首を左右に振ってから、

「五十両だよ」

と、小声で答えた。

「ふん、五十両かい」

思わず、声を上げて笑ってしまった。

「おとっつぁん、おれ、おとっつぁんが店を開いたら、身を粉にして働くから。その給金から返していくからさ」

吉太郎は両手を合わせた。

全身から力が抜けてゆく。

「おとっつぁん」

吉太郎は懇願を繰り返した。

「それを払わなかったらどうなるんだい」

佐兵衛が尋ねると、

「腕の一本くらい、折られるかもしれない」

吉太郎は両手で頭を抱えた。

そうした厄介な手合いは、金を払えばつけ上がる。いい鴨《かも》だと、それからもしつこくたかってくるのだ。

「話はわかった。もうちょっと飲むから、先に帰ってな」

佐兵衛が言うと、吉太郎は頭を下げて店から出て行った。

佐兵衛は茶碗酒を呷った。

「もう一杯！」

声を大きくしてお代わりを注文した。飲まないではいられない。

吉太郎と入れ代わるようにして大柄な男が横に立った。

大門武蔵である。

武蔵は、

「よお」

と、佐兵衛に声をかけた。

佐兵衛は武蔵に酔眼を向けた。誰だろうと朦朧《もうろう》とした眼差しで巨体を見定め、

「これはこれは、大門さまですか」

呂律《ろれつ》の怪しくなった口調で返した。

武蔵は茶碗酒を受け取ってから佐兵衛の横に座る。

「なんだ、今日は随分と過ごしているじゃないか。もう半分じゃないな……何か祝い事でもあったのか」

武蔵はぐいっと茶碗酒を飲んだ。

「祝い酒ねえ……そうですね、つい三日前までは祝い酒のはずでしたよ。それが……」

佐兵衛の目は据わっている。

「穏やかじゃないな。何かあったのか」

武蔵は心配そうに問いかけた。

「あったもあった、大ありですよ。でもまあ、愚痴になりますからね、聞いて愉快なもんじゃありませんよ」

佐兵衛は最早絡み口調だ。

「八丁堀同心、御蔵入改方という生業柄、いつも嫌な話ばかり聞かされているさ。最近で

は信玄講なんて胸糞悪《むなくそ》い連中がいる。詐欺まがいのことをやって大金をせしめながら、罪を逃れやがった。それだけでも腹が立つのに、そいつらの警護に駆り出されているんだ」

連日、信玄講の本拠に金を返してくれと出資者が押し寄せている。信玄講の主宰者、高坂山陽は南北町奉行所に、命が危ない、と警護を要請した。奉行所も無視できず警護の同心を派遣しているのだが誰もやりたがらない。どうせ暇だろうと武蔵に押し付けてくるのだ。

「まったく、嫌な役目だぜ……おっと、おれの方が愚痴ったな」

武蔵は腕まくりをし、いつか高坂山陽を成敗してやると言い放った。佐兵衛はおやっと思ったがすぐに薄笑いを浮かべ、

「そりゃ、無理ですよ」

と、右手をひらひらと振った。

武蔵はむっとし、

「法度じゃ無理かもしれないがな、法度に縛られないのがこのおれさまだ」

と、分厚い胸板を拳で叩いた。

「そりゃ、大門さまは腕っぷしがお強いでしょうけどね、信玄講は相手が悪いですよ」

酔いが回った佐兵衛は調子づいた。

「何が言いたいんだ」

武蔵の勘が、その言葉にただならぬものを感じ取った。

「こりゃ、噂ですがね。信玄講にはね、大奥御年寄、桃山さまが関係していらっしゃるんですよ。桃山さまの下には美里さまって、そりゃもう強欲な中年寄さまがいらっしゃいましてね、これがもう欲深いのなんのって」

呂律の回らぬ舌で千両みかんの一件を話した。

「呆れてものも言えないな」

武蔵も不快な顔をした。

「ですけどね、長いものには巻かれろ、泣く子と地頭には勝てぬ、さわらぬ神に祟りなし。大奥には松平定信さまだって手出しできないんですからね。女は恐い」

佐兵衛は、「桑原、桑原」と呪文のように唱えた。

それから、混濁した意識の中にありながら、

「女っていやあ、倅の馬鹿、情けない話ですが美人局に遭って、五十両もふんだくられるんですよ」

と、愚痴を並べた。

「美人局……よし、それなら、力になってやれる」

武蔵はにやりとした。

「ほんとですか」

佐兵衛は急にしゃっきりとして、武蔵を見返す。

「いつ、相手の男と会う」

武蔵が問うと、

「明後日《あさって》の夕刻、不忍池の畔にある出会い茶屋です」

佐兵衛は答えた。

「まあ、任せろ」

武蔵は勢いよく立ち上がった。

四

お由美から連絡が来た。

怪しい文が届いたのだ。

お紺は風雷神門前でお由美と待ち合わせた。

門の陰で、

「本当にありがとうございます」

お由美は何度もお紺に礼を述べた。

「そんな、いいのよ。それより、また文が届いたんだって」

お紺が確かめると、お由美はおずおずと文を差し出した。お紺は文を開く。今度の文は金釘流どころか達筆であった。女の手によるもののようだ。

差出人は、「菊」と記してあった。

内容は不穏なものだった。

お由美の父、治平は甲斐国、巨摩《こま》郡の青木《あおき》村にある山で事故に見せかけて殺された。殺したのは大奥中年寄、美里の意を受けた高坂山陽である。治平が所有する山を売らなかったため殺された、とあった。

「山はおとっつぁんが亡くなってから桃山さまの代理の方が買われました。青木村は桃山さまの化粧領です」

治平は先祖伝来の山を売りたがらなかった。それを桃山の下で化粧領の管理をしていた美里が買い取ろうとしていたそうだ。

治平が死んでも、甲州屋が傾くどころか大奥御用達にまでなったのは、治平の命を奪った埋め合わせであったのか。

想像するに、美里は山を買い取り、高坂に金山採掘をさせたのだろう。治平の山は信玄講に使われたのだ。

差出人の、「菊」とは日本橋の料理屋、花膳で三橋を毒殺した菊野に関わる者ではなかろうか。三橋、菊野に代わって桃山、美里が大奥で権勢を振るうようになったことへの意趣返しであろう。

「お由美さん、この文、預かっていい」

お紺の申し出を、

「そうして頂いた方がありがたいです。だけど、わたしは何をすれば……」

戸惑いながらお由美は言った。

「何もしなくていいわ。これまで通り普通に暮らしてて」

お紺は優しく言った。

「でも、おとっつぁんは殺されたって……」

「それが本当だとしたら、親父さんを殺《あや》めた者はきっと報いを受ける。きっとよ」

力強くお紺は告げた。

自分を納得させるようにお由美は、「はい」としっかりとした口調で答えた。

緒方小次郎は本郷竹次郎と共に信玄講の本拠へとやって来た。

根津権現の裏手にある百姓家風の建物であった。冠木門《かぶきもん》前には風林火山の旗がはためいていた。藁葺《わらぶ》き屋根の大きな平屋に広い庭、庭には大勢の人間が押し寄せ、金を返せと抗議している。

それらの者を町奉行所の同心が追い払っていた。高坂山陽の依頼を受けての処置だが、同心たちも信玄講への反感からか、やる気がなさそうである。

同心の一人が本郷を見ると、

「また、あんたか」

と言った。

次いで小次郎に気づき、

「緒方、妙なことに関わらん方がいいぞ」

と、忠告してきた。

「高坂に会いたいのです」

小次郎が頼むと、その同心は渋々ながらも通してくれた。

建物の中には数十人の男たちがいた。みな、御師だそうだ。奥の広間で高坂は、『甲陽軍鑑』を講義していた。

高坂は五十前後、白髪交じりの総髪、白小袖に、軍師気取りなのか陣羽織を重ねている。狐《きつね》のように目が吊り上がり、いかにも人を化かしそうな風貌《ふうぼう》だ。

どういう神経をしているのだ、と小次郎は不快になった。

本郷に気づくと高坂は講義を止め、こちらにやって来た。

「本郷さん、熱心に足を運んでいただくのは構わぬが、何度も申しましたように、私は破産してしまったのだ。今はご覧のように、わが先祖が著した『甲陽軍鑑』を講じて糊口《ここう》を凌《しの》いでおる次第」

すました顔で言うと、高坂は小次郎を一瞥した。

「金を返してもらいたい」

いきなり、本郷は言った。

「ですから、それは無理です」

動ぜず高坂は首を左右に振った。

「返してくだされ」

本郷は繰り返す。

「ですから……」

高坂はまたちらっと小次郎を見た。奉行所の者として何とかしろ、と言っているようだ。

「少々、話を伺いたいのですが」

丁寧な物腰で小次郎は頼んだ。

「それは、構わぬが」

応じて、高坂は二人を小部屋に導いた。

向かい合うと、小次郎は名乗った。

「御蔵入改方とおっしゃると、南北町奉行所の所属ではないのですな」

と、高坂は首を傾げた。

「南北町奉行所や火盗改で御蔵入りとなった一件、取り上げられなかった一件を扱います」

小次郎の説明に、

「それは、ひょっとして信玄講の一件を……」

高坂は両目を見開いた。

「いかにも。御蔵入改方で扱います」

すました顔で小次郎は返した。

「しかし、いくら御蔵入改方と言えど、銭金の貸し借りに関しては当事者同士で解決するという公儀の定法を無視はできぬはず」

高坂は言った。

「純粋な貸し借りの問題ならば、そういうことでしょう。しかし、これは詐欺事件です」

小次郎は断じた。

「馬鹿なことを申すな！」

両目を吊り上げ、高坂は言い返す。

「北の御奉行所においてわしは吟味を受けたのだ。御白州《おしらす》で北の御奉行から詐欺にあらず、と御沙汰《ごさた》を下されておるのじゃ。のう、本郷さん」

余裕しゃくしゃくといった風で、高坂は本郷に語りかけた。

「ですが、詐欺であることは明々白々でござる」

吐き捨てると、悔しそうに本郷は唇を噛んだ。

高坂は本郷から小次郎に視線を移した。

「詐欺ではないこと、貴殿ならよくおわかりのはず。それとも、御奉行の裁許が間違っておる、とおっしゃりたいのか」

「間違いだと確信しております」

小次郎は胸を張って返した。

「ほほう、御奉行の御沙汰が間違っておるとは、それでよく八丁堀同心が務まるものじゃ。

あ、いや、務まらぬゆえ、御蔵入改方に移されたのか」

高坂は蔑みの目で小次郎を見た。

「御奉行が詐欺と認めなかったのは、貴殿に騙す意思があったと証明できなかったからですな。つまり、あくまで懸命に金を掘っていたものの、鉱脈を掘り当てることができなかった、という貴殿の主張を覆す証がなかったからにすぎぬ」

「いかにも。実際、我らは懸命に採掘をした。事実、金はいくらか採れ、それは出資する者たちに還元したのだ」

高坂は言った。

「しかし、採掘した金を分銅金、砂金として出資者たちに渡してはいなかったではないですか」

小次郎が問うと、

「渡した。正真正銘の金をな」

強い口調で高坂は言い張った。

「とはいえ、それを信玄講に預けさせたではないですか。つまり、見せ金というわけです」

「預ける、預けぬは講に入った者の勝手であった。実際、預かり証の書き換えの際には配当を支払い、入講した者はそれを受け取っておるのだ。詐欺などであるものか」

高坂は言い立てた。

すると本郷が、我慢できないというように、

「言葉巧みに預かり証を書き換えさせ、金の現物を入講した者の手に渡さなかったのではないか」

肩を震わせ詰め寄った。

「言葉巧みとは、ものは言いようじゃな。じゃが、御師の勧めを受け入れたのは、あくまで入講した者たちなのじゃぞ」

突っぱねるように高坂は繰り返した。

「預かり証をこちらに持って来て、直ちに金と引き換えてくれ、と頼んだのに、応じて貰えぬ者もいたのです」

本郷の主張に高坂は、

「それはわしの知ったことではない。わしは、御師たちには、入講した者へ誠実に対応するよう強く言い聞かせてきたのでな」

と、まるで暖簾に腕押しである。

「御師たちのせいにするのですか」

悔しそうに本郷は高坂を睨んだ。

「そんなつもりはない。ただ、御師たちも懸命であった。金山を開山させようとな。それは、信玄講に入った者たち全ての幸せを実現させるためでもあったのだ」

高坂は力説した。

落ち着いた様子で小次郎は問いかけた。

「甲斐の山で金が採れること、どうしておわかりだったのですか。勘ですか」

「武田信玄公のお告げじゃ。信玄公が夢枕に立たれたのじゃ」

大真面目に高坂は言った。

「真面目に答えろ！」

本郷は拳で畳を叩いた。

高坂は動ずることなく言う。

「信玄公が夢枕に立たれたのは紛れもない事実。そしてな、信玄公のお告げを裏付ける書付が高坂家には伝わっておったのじゃ」

門外不出の秘伝書だという。

そこには、今回の金山の場所などが記してあるのだそうだ。

「掘ってみると、たしかに金は出たし、沢からは砂金も採れたのだが」

高坂は小声になった。

「結局、金の鉱脈を掘り当てられなかったということは、信玄公のお告げが間違っておったということですか」

小次郎が皮肉を口にすると、

「信玄公への悪口、聞き捨てにはできませんぞ」

高坂は凄んだ。

たちまちにして数人の御師が入って来た。

「わたしには信玄公を愚弄する気などありませぬ。むしろ、信玄公の名に泥を塗る行いをしておるのは貴殿らではございませぬか」

小次郎は高坂と御師たちを見回した。

「今日のところは帰ってもらいたい」

高坂は強い調子で言った。

次いで、御師たちに目配せする。彼らは部屋から出て行った。

小次郎は、

「その秘伝書を見せてくだされ」

と、高坂に頼んだ。

高坂は躊躇う風であったが、うるさいのに早く帰ってもらいたいとでも思ったのか、懐中から秘伝書を取り出した。

が、書は手渡さず、開いたまま小次郎の眼前に晒すに留めた。絵図面が描かれ、身延山が記されている。

しかし高坂はすぐに閉じてしまった。

「山の名は何ですか」

小次郎は食い下がった。

「雷雲山《らいうんざん》……まあ、これは二つ名であるが。何処の郡、村にあるのかは申せぬ」

高坂は秘伝書を脇に置いた。

「雷雲山ですか。なるほど、曰《いわ》くありげな名の山ですな」

小次郎の言に、

「古《いにしえ》より、ひときわ雷鳴が轟くと言われておる」

真顔で高坂は言った。

雷雲は積乱雲、入道雲の別称である。

「それが特別に雷雲山と呼ばれる由縁は天正《てんしょう》十年の武田家滅亡にある。冷酷無比の織田勢は、武田家ばかりか縁者まで情け容赦なく狩り立てた。かろうじて、信玄公の五女松姫《まつひめ》さまが逃げおおせた。その逃避行において織田の大軍に追い詰められた松姫さまご一行は、雷雲山に隠れ潜んだ。そこへ、織田勢が攻め込んで来たのじゃが、悉《ことごと》く雷に打たれ、松姫さまは無事に八王子《はちおうじ》へ落ち延びられたのじゃ」

もっともらしい顔で高坂は山にまつわる伝承を語った。

これ以上話しても無駄だと、

「よくわかりました」

小次郎は一礼すると部屋を出ようとした。

その時、俄《にわか》に庭が騒がしくなった。太鼓が打ち鳴らされ、大きな声が響き渡った。

「信玄講は詐欺の集まり！　御師は恩知らず！　人を騙してしらばっくれ！　高坂山陽、出て来い！」

何人かが声を合わせているようだ。

顔色を変え、高坂は立ち上がった。再び御師たちが駆け込んで来る。

「このところやって来る幇間ですよ」

御師の一人が報告した。

高坂は部屋を出て縁側に立った。ぞろぞろと御師たちも続く。

小次郎は秘伝書を手に取り、素早く開いた。雷雲山が記された絵図面を確かめる。そこには所在地が記してあった。巨摩郡の身延山近く、布施《ふせ》村と青木村に跨《またが》る山である。特に名称は記されてなく、雷雲山の通称で呼ばれているのだろう。

小次郎は秘伝書を畳に置き、本郷と共に縁側に出た。

庭では御師たちと喜多八が揉み合っている。音頭を取って騒いでいる「このところやって来る幇間」とは喜多八だったのだ。丸めた頭が陽光を照り返し、喜多八は扇子を閉じたり開いたりしながら、

「金返せ！　詐欺野郎！」

と、大きな声を上げている。一緒に押し寄せた被害者の何人かが太鼓を打ち、横笛を吹き鳴らしていた。御師たちはそれに怒声を浴びせ、警護の八丁堀同心に排除するよう求めている。

一人の八丁堀同心が十手を抜き、

「さあ、今日はこの辺にしておけ」

と、いかにもやる気なさそうに喜多八たちを押し退《の》けた。

小次郎と本郷は屋敷を出た。

五

信玄講の本拠を出ると但馬が待っていた。

「金を採掘していたと称する山がわかりました」

小次郎は通称雷雲山について報告した。

但馬はうなずき、小次郎から山にまつわる伝説と雷雲山の所在地を聞いた。

「伝説の真偽はともかく、金の鉱脈などありもしなかったのだな」

但馬が言うと本郷はうなずき、

「ただ、信玄講の御師たちが見せ金を持って回っていたことは事実です。使いまわしをしていたのでしょうが、いくらかの金の蓄えがあったとは考えられます」

と、指摘した。

「核心は、その金の出所だな」

思案するように但馬は腕を組んだ。

「入講した者は三千人を超える、とか。総額で一万両を超える被害なのです。信玄講の金主となったのは両替商でしょうか」

小次郎が考えを述べ立てると、本郷が首を左右に振った。

「荻生さまには申しましたが、御師たちが立ち合わせた両替商は特定の者ではありません。高坂と特別の繋がりがある両替商はなく、信玄講に入講して大損をした両替商すらあるのです」

本郷は知りうる限りの両替商を当たったのだった。

「金主は両替商ではない、ということか。両替商ではなく、まとまった金を用意できる者となると、大店の商人でしょうか」

小次郎が思案を巡らしたところに、

「なんだ、お頭じゃないか」

と、武蔵がやって来た。

目が合った小次郎は目礼したが、武蔵は視線をそらした。

「おまえこそ、なんだ、ろくすっぽ夕凪に顔も出さんで」

但馬が返すと、

「このところ、厄介な役目を押し付けられていたんだ」

と、信玄講の本拠に顎をしゃくり、金への引き換えに押し寄せる者たちに対する警護をさせられていた、と毒づいた。交替で警戒に当たっているそうだ。

「なんだ、今回は信玄講と関わっているのか。こいつは厄介だぞ」

と、武蔵は佐兵衛から聞いた大奥との繋がりを但馬に話そうとしたが、周囲を憚り、とりあえず場所を変えようと言った。

そこへ、

「お見送り、ご苦労さまでげす。また、来ますよ」

と、陽気な声と共に喜多八が信玄講の本拠から出て来た。

喜多八は引き連れていた被害者たちを帰し、こちらにやって来た。

「ご苦労なこったな」

武蔵が苦笑混じりに喜多八を労った。

「やつがれも、十両、騙し取られたんでげす」

喜多八は憤った。

「どうせ、よいしょで得た金だろう」

武蔵はくさした。

「よいしょはやつがれの仕事でげす。汗と涙の結晶でげすよ」

喜多八は扇子を開き、頭上でひらひらと振った。

武蔵は喜多八の頭を小突き、

「ところでお頭、面白いネタを仕入れたぜ」

と、にやりと笑いかけた。

但馬たちは近くの稲荷に移り、信玄講の背後には大奥御年寄、桃山がいるらしいこと、桃山の下で実務を担っているのは美里という強欲な中年寄であることを、武蔵から聞かされた。

「大奥か……」

本郷は天を仰いだ。

万事休す、と言いたいようだ。

「大奥だって構わねえよ。いっそ、殴り込みをかけて高坂山陽を締め上げてやろうぜ」

武蔵らしく威勢の良い意見を述べた。

対して小次郎は、

「高坂を締め上げたところで金が戻らなければ意味がありません」

と、冷静に反対した。

武蔵はむっとしながらも、

「まあ、そういうこったな」

意外にも素直に主張を引っ込めた。

小次郎は但馬に向き直ると、意見を言った。

「信玄講の金主は大奥御年寄、桃山さまかもしれませぬ」

「おそらくはそうだろう」

但馬が賛同すると、

「そもそもその美里って強欲女が絵図を描いたんじゃねえのか」

武蔵も考えを言った。

これには小次郎も異を唱えなかった。

「絵図のからくりを暴けば勝機はある」

但馬は目を光らせた。


その日の夕暮れ、夕凪の二階でお紺が、浅草並木町の鼈甲問屋甲州屋の主人治平が山で亡くなった件を話した。

「甲斐の巨摩郡、身延山近くの青木村にご先祖さんのお墓があって、墓参をなさった際に山の崖から落ちたそうなんですよ」

その山は治平が先祖代々所有していた。青木村は幕府直轄地、いわゆる天領であったが、大奥御年寄、桃山の化粧領である。

「化粧領のあれこれを差配しているのは美里、という強欲な女なのだな」

但馬が確かめると、

「よくご存じですね」

お紺は目を見開いた。

それには答えず、但馬は話の続きを促した。

「治平さんは事故ではなく、何者かに……おそらくは美里さまの手の者に殺されたと思われるのです」

お紺はお由美に届いた文を差し出した。

日本橋の料理屋、花膳で毒殺された三橋の下で中年寄をしていた、菊野に関わる女からと思われる告発文である。

目を通し、

「すると、治平は山を譲らなかったために殺された可能性が高いのだな」

但馬は納得した。

「これで、信玄講のいかさまを暴ける。但し、白河楽翁のお力を借りねばならぬがな」

白河楽翁こと元老中松平定信に頼もうと、但馬は言った。

「白河楽翁は大奥に苦汁を飲まされた。これを機に大掃除をしたい、とお考えになるであろう」

松平定信は「寛政の改革」と称される幕府の財政改革を断行した。無駄な出費を省き質素、倹約を進めた。その際、無駄な出費の代表が大奥であった。しかし、大奥の無駄を言い立てるのは禁句であった。

さすがの定信も大鉈《おおなた》を振るうことはせず、せめてもの要請をした。

大奥では御台所の部屋に向かう奥女中は新しい足袋を履き、一度履いた足袋は捨てるのが慣例であった。御台所の用事で赴く度に新しい足袋が使用されるのである。それを定信は、少なくとも一日一度の足袋交換にして欲しい、と頼んだのである。

これが大奥の反発を買った。

定信は大奥で不人気となり、老中辞職の一因ともなった、とは公然の秘密である。

そんな白河楽翁こと松平定信である。大奥の不正を暴くとなれば一肌も二肌も脱いでくれるだろう。

六

五日後の夜、荻生但馬と緒方小次郎、大門武蔵は信玄講の本拠の門前に立った。

揃って黒小袖に同色の裁着け袴、額には鉢金を施している。但馬はサーベルを腰に差していた。

夜風には初秋らしい涼が感じられ、蝉に代わって秋の虫の声が聞こえてくる。庭には誰もいない。金を返せと押し寄せる者も、警護の八丁堀同心の姿もなかった。

武蔵が門の脇の風林火山の旗を見上げ、

「信玄もあの世で怒っているだろうぜ」

と、旗竿《はたざお》を抜いて肩に担いだ。

「おれの武器は風林火山の旗だ」

いつもは六尺棒を武器としているのだが、この日の武蔵は旗で暴れるつもりのようだ。

「白河楽翁さまが黒鍬者《くろくわもの》を動かし、雷雲山を調べてくださった。雷雲山に掘った跡はなかったそうだ。つまり、高坂山陽は金の鉱脈を掘り当てる気など、はなからなかったことがはっきりしたのだ」

但馬が言うと、

「化けの皮が剝がれたってわけだ」

武蔵は自らを鼓舞するように、風林火山の旗を二度、三度と振った。

「詐欺だと明らかになったのですな」

小次郎は拳を握りしめた。

喜多八と本郷竹次郎がやって来た。本郷は但馬のところに嘆願に来たお冬たちを伴っている。太鼓や横笛を持つ者もいた。

但馬がうなずくと、

「さあ、みなさん。派手にやるでげすよ」

喜多八が扇子を開き、頭上でひらひらと振った。

「金、返せ！　詐欺講！　高坂詐欺野郎！」

高坂と信玄講への悪口雑言《あっこうぞうごん》を叫び立て、笛、太鼓を鳴らしながら、まずは喜多八と本郷たちが中に入っていった。

但馬を真ん中に右に小次郎、左に武蔵が並んで続く。

夜空に喜多八たちの騒がしい声、太鼓、笛の音が響き渡る。彼らに遠慮してか、虫が鳴き止んだ。

屋敷からどやどやと御師たちが飛び出して来た。御師たちの中には刀や匕首を手にする者もいた。

高坂山陽が縁側に立った。

「夜更けにまで押し寄せるとは……ええい、構わぬ、殺せ。無断で屋敷に立ち入った暴徒

ども じゃ」

高坂は冷然と命じた。

御師たちは刀や匕首を手に喜多八たちに迫った。

「みなさん、逃げるでげす」

喜多八はみなを引き連れ、逃げ出した。

「臆病者めが」

高坂が蔑みの言葉を吐いた。

本郷は高坂を見返し、

「戦わずして勝つ、信玄公が手本としておられた孫子《そんし》の兵法だ」

と、声を張った。

「ほざくな。みなの者、追いかけろ。一人も逃がすな。年寄りばかりだ、逃げきれぬぞ」

高坂は哄笑《こうしょう》した。

御師らが喜多八たちに向かう。

悲鳴を上げて逃げる彼らを嬉々《きき》として御師たちは追い立てた。

「行くぜ！」

武蔵は風林火山の旗を振り回しながら御師たちの前に立った。たじろぐ彼らの顔面を武蔵は竿で殴りつけた。

小次郎は、喜多八たちが信玄講の本拠から出るのを見定めた。次いで、追いかける御師たちの前に立ちはだかり、大小を抜くと目の前で交差させる。

御師たちは立ち止まり、小次郎の様子を窺う。

そこへ、武蔵に蹴散らされた敵の群れが駆け込んで来た。彼らを追って武蔵も旗を右手にやって来た。

小次郎は、

「秘剣大車輪！」

叫ぶや、群がる敵に斬り込んだ。

その名の通り、大小を持つ手首を車輪のように回転させると、圧倒された敵は算を乱した。それを武蔵が風林火山の旗で殴り飛ばす。

「おれも目が回るぜ」

武蔵は楽しそうに小次郎に声をかけた。

いつもは温和な小次郎の形相が一変し、鬼の顔となって大小の動きを止めない。

修羅場《しゅらば》と化す中、敵の一人が背後から武蔵に襲いかかった。

「おっと、そうはいかねえぜ」

武蔵は振り向き、勢いをつけて旗を横に振った。風林火山が夜風にたなびき、竿がごつんと敵の顔面に当たり、球のように飛んでいった。

負けじと小次郎は、斬りかかってきた四人の敵の刀を撥ね飛ばし、右手の大刀、左手の小刀で敵の眉間や鎖骨に峰打ちを食らわせた。ばったばったと敵を打ち倒す。

武蔵はたて続けに旗で敵をなぎ倒してゆく。倒れた御師たちを踏みつけ、蹴飛ばしてゆく。

敵の中には逃げ出す者が出始めた。

但馬は縁側に立つ高坂に向かった。高坂は座敷に逃げた。但馬が追う。

「御蔵入改方頭取、荻生但馬である。信玄講の詐欺を暴き立てに参った。高坂山陽、観念致せ」

凜《りん》とした声を放つと数人の御師が立ちはだかった。

但馬はサーベルを抜き、右手を突き出した。左手を常の如く腰に添えることなく、なおかつ腰を落とさず、サーベルの剣先を強く左右に振るう。

サーベルとぶつかり合うや敵の刃は矢のように飛んでゆく。恐れをなした敵は逃げ散った。

高坂が座敷から飛び出して来た。

懐から秘伝書が覗いている。

高坂は但馬の横をすり抜け、庭に飛び降りると裏手に向かった。すかさず但馬は追いかける。

逃げ足の速い高坂は、但馬の追跡を逃れ裏門から外に出た。

門の外にはお紺がいた。

右手で洗い髪をかき上げ、からんころんと下駄の音を軽やかに鳴らしてこちらへやってくる。足の指に差した紅が月光を浴び、艶めいていた。

高坂は訝しみつつも無視して走り去ろうとした。お紺が駆け寄り高坂にぶつかる。

同時にお紺は高坂の懐から秘伝書をすり取った。

が、

「女、そうはいかんぞ」

高坂はお紺の右手を摑もうとした。お紺は高坂の手を払い、秘伝書を夜空高く放り投げた。

「ああっ」

高坂が悲鳴を上げた。

但馬はサーベルを突き出した。

秘伝書が串刺しとなる。

「信玄講の詐欺、しかとした証を頂く」

但馬は秘伝書をサーベルから抜き取った。


葉月《はづき》（陰暦八月）となり、すっかり秋めいたある日の昼下がり、佐兵衛はお蔦と共に深川永代寺門前町にある店の前に立った。

新築が進んでいる。

現場には吉次郎も加わり、真新しい材木に鉋掛《かんなが》けをしていた。通っていた清涼院は法外な治療費を取る詐欺で訴えられた。吉次郎は騙されていたことに驚き落胆したが、足の怪我が治った今は、大工は腕さえあれば稼げる、と立ち直っている。

吉太郎の美人局は、約束通り武蔵が懲《こ》らしめてくれた。吉太郎は商いに精進《しょうじん》している。

「一時はどうなることかと思ったけど、我が家もどうにかやっていけそうだな」

佐兵衛は妻に言った。

「ほんと、おまいさんには迷惑をかけました」

お蔦は深々と頭を下げた。

「それは言いっこなしだって、言っただろう」

佐兵衛に言われ、「そうでしたね」と返したそばから、お蔦は詫びそうになり、口ごもった。

「信玄講、やっぱり詐欺だったってね。金山を掘り始めてもいなかったってさ。業突《ごうつ》く張《ば》りの美里さまらしいよ。天罰が下ったね。出したお金が戻ってくるんだから、まあ良しとしようじゃないか」

大奥御年寄、桃山は、化粧領を没収された上に大奥を追われた。美里と高坂山陽、御師たちには遠島処分が下された。

桃山の元化粧領の年貢から、信玄講の被害者への賠償金が支払われ始めている。

美里が大奥からいなくなり、堀川堂が御用達のままでいられるか心配されたが、幸いなことにこれまで通りの商いを続けられるという。

安堵した頑右衛門は、佐兵衛の働きが大奥からの信頼を高めた、と評価し、この店の新築費用を負担してくれるそうだ。

暖簾分けの慰労金は胸算用していたよりも多い五百両が下される。それとは別に、お蔦と箱根の湯治に行くように、と休みと旅費までくれるという。

お先真っ暗だった老後に虹が架かった。

もちろん、これからも苦労はあるだろう。順風満帆とはいかないかもしれない。それでも、荒波に立ち向かう覚悟ができた。

「これまでありがとう。これからもよろしくな」

佐兵衛はお蔦に語りかけたが、現場の喧噪《けんそう》にかき消された。

「ええっ……何かおっしゃいましたか」

お蔦に聞き返されたが佐兵衛は首を左右に振り、そっとお蔦の手を握り、大空を見上げた。

天高く鱗雲《うろこぐも》が白く光る中、番《つがい》の燕《つばめ》が横切っていった。

本書は書き下ろしです。

中公文庫

御《お》蔵《くら》入《いり》改《あらため》事《じ》件《けん》帳《ちょう》
——消《き》えた隠《いん》居《きょ》資《し》金《きん》

2022年5月25日　初版発行

著　者　早《はや》見《み》　俊《しゅん》

発行者　松田　陽三

発行所　中央公論新社
〒100-8152　東京都千代田区大手町1-7-1
電話　販売 03-5299-1730　編集 03-5299-1890
URL https://www.chuko.co.jp/

ＤＴＰ　嵐下英治
印　刷　三晃印刷
製　本　小泉製本

Published by CHUOKORON-SHINSHA, INC.
Printed in Japan　ISBN978-4-12-207211-4 C1193

中公文庫既刊より

は-72-1
常世《とこよ》の勇者 信長の十一日間
早見俊

桶狭間から一年後。隣国・美濃との盟約に執着する織田信長。そのとき何が身に起こったのか。天下布武を決意するまでの十一日間を描く。〈解説〉縄田一男

206361-7

は-72-2
最後の名裁き 大岡越前ふたたび
早見俊

老境に達したかつての名奉行と、評定所の若き留役。かけ離れた境遇の二人が、藩主押し込めに端を発した、老中による御家乗っ取りの陰謀と対決。書き下ろし。

206638-0

は-72-3
御蔵入改事件帳
早見俊

元長崎奉行の荻生但馬は、幕府の新役である御蔵入改方頭取を拝命した。町奉行所や火付盗賊改が取り上げない訴えや未解決事件を探索するため、江戸を奔る！

206842-1

は-72-4
魔王の黒幕 信長と光秀
早見俊

一向一揆の撫で斬り、比叡山焼き討ち、荒木村重一族の皆殺し――魔王の如き織田信長の所業の陰には、明智光秀の存在が。彼の狙いは一体？〈解説〉細谷正充

206911-4

は-72-5
御蔵入改事件帳 見返り橋
早見俊

江戸の未解決事件はおれたちに任せろ！ 訳あって長崎奉行を罷免された荻生但馬が、新役の御蔵入改方頭取に。個性豊かな五人組が悪を討つ。文庫書き下ろし。

206980-0

は-72-6
御蔵入改事件帳 世直し酒
早見俊

御蔵入改の紅一点・お紺は、大坂生まれのすり「猿寅のおっちゃん」から、曰く付きの財布をすってしまったと相談を受け……（表題作）。文庫書き下ろし。

207048-6

は-72-7
御蔵入改事件帳 しくじり蕎麦
早見俊

南町奉行所元臨時廻り同心の大門武蔵は、御蔵入改の同僚である幇間・喜多八に唆され、蕎麦の大食い大会に出場したが……（表題作）。文庫書き下ろし。

207115-5

各書目の下段の数字はISBNコードです。978－4－12が省略してあります。

す-25-34
幕末　暗殺！
鈴木英治／早見俊
秋山香乃／神家正成
新美健／誉田龍一
谷津矢車
幕末の江戸や京で多くの命が闇に葬られた。暗殺——。彼らはなぜ殺されたのか。実力派によるオリジナル競作アンソロジー、待望の文庫化！〈解説〉末國善己
207004-2

あ-59-4
一　路（上）
浅田次郎
父の死により江戸から国元に帰参した小野寺一路は、参勤道中御供頭のお役目を仰せつかる。家伝の行軍録を唯一の手がかりに、いざ江戸見参の道中へ！
206100-2

あ-59-5
一　路（下）
浅田次郎
蒔坂左京大夫一行の前に、中山道の難所、御家乗っ取りの企てなど難題が降りかかる。果たして、行列は期日通りに江戸へ到着できるのか——。〈解説〉檀　ふみ
206101-9

あ-59-6
浅田次郎と歩く中山道　『一路』の舞台をたずねて
浅田次郎
中山道の古き良き街道風景や旅籠の情緒、豊かな食文化などを時代小説『一路』の世界とともに紹介します。いざ、浅田次郎を唸らせた中山道の旅へ！
206138-5

あ-59-7
新装版　お腹召しませ
浅田次郎
幕末期、変革の波に翻弄される武士の悲哀を描く傑作時代短編集。書き下ろしエッセイを特別収録。司馬遼太郎賞・中央公論文芸賞受賞作。〈解説〉橋本五郎
206916-9

あ-59-8
新装版　五郎治殿御始末
浅田次郎
武士という職業が消えた明治維新期、行き場を失った老武士が下した、己の身の始末とは。表題作ほか全六篇に書き下ろしエッセイを収録。〈解説〉磯田道史
207054-7

あ-83-1
闇医者おゑん秘録帖
あさのあつこ
「闇医者」おゑんが住む、竹林のしもた屋。江戸の女たちにとって、そこは最後の駆け込み寺だった——。女たちの再生の物語。〈解説〉吉田伸子
206202-3

あ-83-2
闇医者おゑん秘録帖　花冷えて
あさのあつこ
子堕ろしを請け負う「闇医者」おゑんのもとには、今日も事情を抱えた女たちがやってくる。「診察」は、やがて「事件」に発展し……。好評シリーズ第二弾。
206668-7

各書目の下段の数字はISBNコードです。978－4－12が省略してあります。

い-37-7
利休の死 戦国時代小説集
井上 靖
桶狭間の戦い（一五六〇）から本能寺の変（八二）、利休の死（九一）まで戦国乱世の三十年を十一篇の短篇で描く、文庫オリジナル小説集。〈解説〉末國善己
207012-7

う-28-8
新装版 御免状始末 闕所物奉行 裏帳合㈠
上田 秀人
遊郭打ち壊し事件を発端に水戸藩の思惑と幕府の陰謀が渦巻く中を、著者史上最もダークな主人公・榊扇太郎が剣を振るい、謎を解く！ 待望の新装版。
206438-6

う-28-9
新装版 蛮社始末 闕所物奉行 裏帳合㈡
上田 秀人
榊扇太郎は闕所となった蘭方医、高野長英の屋敷から、倒幕計画を示す書付を発見する。鳥居耀蔵の陰謀と幕府の思惑の狭間で真相究明に乗り出すが……。
206461-4

う-28-10
新装版 赤猫始末 闕所物奉行 裏帳合㈢
上田 秀人
武家屋敷連続焼失事件を検分した扇太郎は改易された出火元の隠し財産に驚愕。闕所の処分に大目付が介入、大御所死後を見据えた権力争いに巻き込まれる。
206486-7

う-28-11
新装版 旗本始末 闕所物奉行 裏帳合㈣
上田 秀人
失踪した旗本の行方を追う扇太郎は借金の形に娘を売る旗本が増えていることを知る。人身売買禁止を逆手にとり吉原乗っ取りを企む勢力との戦いが始まる。
206491-1

う-28-12
新装版 娘 始 末 闕所物奉行 裏帳合㈤
上田 秀人
借金の形に売られた旗本の娘が自害。扇太郎の預かりの身となった元遊女の朱鷺にも魔の手がのびる。江戸闇社会の掌握を狙う一太郎との対決も山場に！
206509-3

う-28-13
新装版 奉行始末 闕所物奉行 裏帳合㈥
上田 秀人
岡場所から一斉に火の手があがった。政権返り咲きを図る家斉派と江戸の闇の支配を企む一太郎が勝負に出たのだ。血みどろの最終決戦のゆくえは⁉
206561-1

う-28-14
維新始末
上田 秀人
あの大人気シリーズが帰ってきた！ 天保の改革から二十年、闕所物奉行を辞した扇太郎が見た幕末の闇。過去最大の激闘、その勝敗の行方は⁉
206608-3

う-28-15
翻弄 盛親と秀忠
上田秀人
偉大な父を持つ長宗我部盛親と徳川秀忠は、立場は違えどいずれも関ヶ原で屈辱を味わう。それから十余年、運命が二人を戦場に連れ戻す。〈解説〉本郷和人
206985-5

う-28-16
新装版 孤闘 立花宗茂
上田秀人
乱世に義を貫き、天下人に「剛勇鎮西一」と恐れられた猛将の、対島津から対徳川までの奮闘と懊悩を精緻に描いた、中山義秀文学賞受賞作。〈解説〉末國善己
207176-6

お-82-1
時平《しへい》の桜、菅公の梅
奥山景布子《きょうこ》
孤高の俊才・菅原道真と若き貴公子・藤原時平。身分も年齢も違う二人は互いに魅かれ合うも、残酷な因縁に辿り着く——国の頂を目指した男たちの熱き闘い！
205922-1

お-82-2
恋衣 とはずがたり
奥山景布子
後深草院の宮廷を舞台に、愛欲と乱倫、嫉妬の渦に翻弄される一人の女性。遺された日記を初めて繙いた娘の視点から、その奔放な人生を辿る。〈解説〉田中貴子
206381-5

お-82-3
秀吉の能楽師
奥山景布子
太閤秀吉を能に没頭させよ、との密命を帯び、天下人に近づいた能楽師・暮松新九郎。能に見せた秀吉の狂気はやがて新九郎を翻弄してゆく。〈解説〉縄田一男
206572-7

お-82-4
江戸落語事始 たらふくつるてん
奥山景布子
口下手の甲斐性なしが江戸落語の始祖⁉ 殺人の濡れ衣や綱吉の圧制に抗いながら、決死で〝笑い〟を究めた咄家・鹿野武左衛門の一代記。〈解説〉松尾貴史
207014-1

お-82-5
圓朝
奥山景布子
「怪談牡丹灯籠」を生んだ近代落語の祖・三遊亭圓朝。師匠や弟子に裏切られる壮絶な芸道を歩み、人々に愛される怪物となった不屈の一代記。〈解説〉中江有里
207147-6

さ-84-1
雨上がり月霞む夜
西條奈加
幼馴染の秋成と雨月は、人間の言葉を話す兎との出会いから、様々な変事に巻き込まれ——『雨月物語』をモチーフに描く、人の情念と怪異をめぐる九つの物語。
207138-4

各書目の下段の数字はISBNコードです。978 - 4 - 12が省略してあります。

さ-74-1
夢も定かに
澤田瞳子
翔べ、平城京のワーキングガール！ 聖武天皇の御世、後宮の同室に暮らす若子、笠女、春世の日常は恋と友情と政争に彩られ……。〈宮廷青春小説〉開幕！
206298-6

さ-74-2
落花
澤田瞳子
仁和寺僧・寛朝が東国で出会った、荒ぶる地の化身のようなもののふ。それはのちの謀反人・平将門だった。武士の世の胎動を描く傑作長篇！〈解説〉新井弘順
207153-7

す-25-27
手習重兵衛 闇討ち斬 新装版
鈴木英治
江戸白金で行き倒れとなった重兵衛は、手習師匠・宗太夫に助けられ居候となったが……。凄腕で男前の快男児が謎を斬る時代小説シリーズ第一弾。
206312-9

す-25-28
手習重兵衛 梵鐘 新装版
鈴木英治
手習子のお美代が消えた⁉ 行方を捜す重兵衛だったが……（「梵鐘」より）。趣向を凝らした四篇の連作が織りなす、人気シリーズ第二弾。
206331-0

す-25-29
手習重兵衛 暁闇 新装版
鈴木英治
旅姿の侍が内藤新宿で殺された。同心の河上が探索を進めると、重兵衛の住む白金村へ向かう途中だったらしいと分かったが……。人気シリーズ第三弾。
206359-4

す-25-30
手習重兵衛 刃《やいば》舞《まい》 新装版
鈴木英治
親友と弟の仇である妖剣の遣い手・遠藤恒之助を倒すため、新たな師のもとで〈人斬りの剣〉の稽古に励む重兵衛だったが……。人気シリーズ第四弾。
206394-5

す-25-31
手習重兵衛 道中霧 新装版
鈴木英治
親友殺しの嫌疑が晴れ、久方ぶりに故郷の諏訪へ帰ることとなった重兵衛。母との再会に胸高鳴らせる彼を、妖剣使いの仇敵・遠藤恒之助と忍びたちが追う。
206417-1

す-25-32
手習重兵衛 天狗変 新装版
鈴木英治
重兵衛を悩ませる諏訪忍びの背後には、三十年ごしの因縁が——家中を揺るがす事態に、重兵衛、左馬助、惣三郎らが立ち向かう。人気シリーズ、第一部完結。
206439-3

す-25-33
江戸の雷神
鈴木英治
その勇猛さで「江戸の雷神」と呼ばれる火付盗賊改役の伊香雷蔵は、府内を騒がす辻斬り、押し込み、盗賊らを追うが……。痛快時代小説シリーズ開幕！
206658-8

す-25-35
江戸の雷神　敵意
鈴木英治
不首尾に終わった捕物の責を負わされ、火付盗賊改役を罷免された雷蔵。元盗賊「匠小僧」や訳ありの剣の達人・六右衛門らと動き出したが……。書き下ろし。
207140-7

た-94-1
まんぷく旅籠　朝日屋　ぱりとろ秋の包み揚げ
高田在子
お江戸日本橋に、ワケあり旅籠が誕生!? 人生のどん底を知り、再出発を願う者たちが集められた新生「朝日屋」が、美味しいご飯とおもてなしで奇跡を起こす！
206921-3

た-94-2
まんぷく旅籠　朝日屋　なんきん餡と三角卵焼き
高田在子
店先で、元女形の下足番・綾人に「動くな！」と命じる男の声。ちはるが覗いてみると……料理自慢の「朝日屋」は、今日も元気に珍客万来！　文庫書き下ろし。
207079-0

た-58-21
さむらい道《みち》（上）　最上義光《よしあき》　表の合戦・奥の合戦
高橋義夫
山形の大守・最上義守の子として生まれ、父との確執、天童・白鳥・伊達氏らとの峻烈な内憂外患を乗り越え、名藩主として君臨した最上義光の実像に迫る！
206834-6

た-58-22
さむらい道（下）　最上義光　もうひとつの関ケ原
高橋義夫
甥の伊達政宗との確執から、天下分け目の戦における上杉軍との死闘までを克明に描き、義光が追求した「さむらい道」の真髄に迫る著者渾身の歴史巨篇！
206835-3

と-26-13
堂島物語1　曙光篇
富樫倫太郎
米が銭を生む街・大坂堂島。十六歳と遅れて米問屋へ奉公に入った吉左には「暖簾分けを許され店を持つ」という出世の道は閉ざされていたが——本格時代経済小説の登場。
205519-3

と-26-14
堂島物語2　青雲篇
富樫倫太郎
山代屋へ奉公に上がって二年。丁稚として務める一方、幕府未公認の先物取引「つめかえし」で相場師としての頭角を現しつつある吉左は、両替商の娘・加保に想いを寄せる。
205520-9

各書目の下段の数字はISBNコードです。978－4－12が省略してあります。

と-26-15
堂島物語3　立志篇
富樫倫太郎
念願の米仲買人となった吉左改め吉左衛門は、自分と同じく二十代で無敗の天才米相場師・寒河江屋宗右衛門の存在を知る――『早雲の軍配者』の著者が描く経済時代小説第三弾。
205545-2

と-26-16
堂島物語4　背水篇
富樫倫太郎
「九州で竹の花が咲いた」という奇妙な噂を耳にした吉左衛門は西国へ飛ぶ。やがて訪れる享保の大飢饉をめぐる米相場乱高下は、ビジネスチャンスとなるか、破滅をもたらすか――。
205546-9

と-26-17
堂島物語5　漆黒篇
富樫倫太郎
かつて山代屋で丁稚頭を務めた百助は莫大な借金を抱え、お新と駆け落ちする。米商人となる道を閉ざされ、行商人に身を落とした百助は、やがて酒に溺れるが……。
205599-5

と-26-18
堂島物語6　出世篇
富樫倫太郎
川越屋で奉公を始めることになった百助の息子・万吉は、手代たちから執拗な嫌がらせを受ける。『早雲の軍配者』の著者が描く本格経済時代小説第六弾。
205600-8

と-26-20
箱館売ります（上）　土方歳三　蝦夷血風録
富樫倫太郎
箱館を占領した旧幕府軍から、土地を手に入れようとするプロシア人兄弟。だが、背後には領土拡大を企むロシアの策謀が――。土方歳三、知られざる箱館の戦い！
205779-1

と-26-21
箱館売ります（下）　土方歳三　蝦夷血風録
富樫倫太郎
ロシアの謀略に気づいた者たちが土方歳三を指揮官に、旧幕府軍、新政府軍の垣根を越えて契約締結妨害のために戦うのだが――。思いはひとつ、日本を守るため。
205780-7

と-26-22
松前の花（上）　土方歳三　蝦夷血風録
富樫倫太郎
土方歳三らの蝦夷政府には、父の仇討ちに燃える娘、戦の携行食としてパン作りを依頼される和菓子職人の姿があった。知られざる箱館戦争を描くシリーズ第二弾。
205808-8

と-26-23
松前の花（下）　土方歳三　蝦夷血風録
富樫倫太郎
死を覚悟した蘭子は、藤吉にある物を託し戦へと向かった。北の地で自らの本分を遂げようとする土方、蘭子、藤吉。それぞれの箱館戦争がクライマックスを迎える！
205809-5

と-26-24
神威の矢（上）
土方歳三蝦夷討伐奇譚
富樫倫太郎
明治新政府の猛追を逃れ、開陽丸に乗り込んだ土方歳三ら旧幕府軍。だが、船上には、動乱に乗じ日本に神の王国の建国を企むフリーメーソンの影が――。
205833-0

と-26-25
神威の矢（下）
土方歳三蝦夷討伐奇譚
富樫倫太郎
ドラゴン復活を謀るフリーメーソン、後のない旧幕府軍、死に場所を探す土方、迫害されるアイヌ人、山籠りの陰陽師。全ての思惑が北の大地で衝突する！
205834-7

と-26-26
早雲の軍配者（上）
富樫倫太郎
北条早雲に見出された風間小太郎。軍配者となるべく送り込まれた足利学校では、互いを認め合う友に出会い――。新時代の戦国青春エンターテインメント！
205874-3

と-26-27
早雲の軍配者（下）
富樫倫太郎
互いを認め合う小太郎と勘助、冬之助は、いつか敵味方にわかれて戦おうと誓い合う。扇谷上杉軍へ攻め込む北条軍に同行する小太郎が、戦場で出会うのは――。
205875-0

と-26-28
信玄の軍配者（上）
富樫倫太郎
駿河国で囚われの身となったまま齢四十を超えた山本勘助。焦燥ばかりを募らせていた折、武田信虎による実子暗殺計画に荷担させられることとなり――。
205902-3

と-26-29
信玄の軍配者（下）
富樫倫太郎
武田晴信に仕え始めた山本勘助は、武田軍を常勝軍団へと導いていく。戦場で相見えようと誓い合った友たちとの再会を経て、「あの男」がいよいよ歴史の表舞台へ！
205903-0

と-26-30
謙信の軍配者（上）
富樫倫太郎
越後の竜・長尾景虎のもとで軍配者となった曾我（宇佐美）冬之助。自らを毘沙門天の化身と称する景虎の前で、いま軍配者としての素質が問われる！
205954-2

と-26-31
謙信の軍配者（下）
富樫倫太郎
冬之助は景虎のもと、好敵手・山本勘助率いる武田軍を前に自らの軍配を振るい、見事打ち破ることができるのか⁉「軍配者」シリーズ、ここに完結！
205955-9

各書目の下段の数字はISBNコードです。978－4－12が省略してあります。

と-26-32
闇の獄（上）
富樫倫太郎
盗賊仲間に裏切られて死んだはずの男は、座頭組織の長に拾われて、暗殺者として裏社会に生きることに！『SRO』「軍配者」シリーズの著者によるもう一つの世界。
205963-4

と-26-33
闇の獄（下）
富樫倫太郎
座頭として二重生活を送る男・新之助は、裏社会から足を洗い、愛する女・お袖と添い遂げることができるのか？　著者渾身の暗黒時代小説、待望の文庫化！
206052-4

と-26-34
闇夜の鴉
富樫倫太郎
大坂の追っ手を逃れてから十年――。新一は江戸で再び殺し屋稼業に手を染めていた。『闇の獄』に連なる暗黒時代小説シリーズ第二弾！〈解説〉末國善己
206104-0

と-26-38
白頭の人　大谷刑部吉継の生涯
富樫倫太郎
近江の浪人の倅はいかにして「秀吉に最も信頼される男」になったのか――謎の病で容貌が変じ、周囲に疎まれても義を貫き、天下分け目の闘いに果てるまで。
206627-4

と-26-40
北条早雲1　青雲飛翔篇
富樫倫太郎
一代にして伊豆・相模を領する大名にのし上がる風雲児の、知られざる物語が幕を開ける！　備中での幼少期から、幕府の役人となり駿河での密命を果すまで。
206838-4

と-26-41
北条早雲2　悪人覚醒篇
富樫倫太郎
再び紛糾する今川家の家督問題を解決するため、後の「北条早雲」こと伊勢新九郎は、駿河への下向を決意する。型破りな戦国大名の原点がここに！
206854-4

と-26-42
北条早雲3　相模侵攻篇
富樫倫太郎
この世の地獄を減らすため、相模と武蔵も自分が支配するべきではないか――僧になった〝悪党〟が、途方もない夢に向かい、小田原城奪取に動く緊迫の展開！
206873-5

と-26-43
北条早雲4　明鏡止水篇
富樫倫太郎
宿敵・足利茶々丸との血みどろの最終戦と悲願の伊豆統一、再びの小田原城攻め……己の理想のため鬼と化した男にもはや安息はない。屍が導く関東への道！
206882-7

各書目の下段の数字はＩＳＢＮコードです。978－4－12が省略してあります。

に-22-1
レギオニス 興隆編
仁木英之
新興・織田家の拡大に奔走する信長。先代の番頭格だった柴田勝家は、家の「維持」を第一に考え対立する。信長と、織田家の軍団長たちの物語、ここに開幕！
206653-3

に-22-2
レギオニス 信長の天運
仁木英之
桶狭間に今川義元を討ち戦意高まる織田家中にあって、微妙な立場の柴田勝家。彼とその家臣たちに再び出世の機会は与えられるのか⁉ 好評シリーズ第二弾。
206681-6

に-22-3
レギオニス 秀吉の躍進
仁木英之
上洛戦の先鋒を命じられるなど家中での存在感を増す勝家。そんな中、越前の朝倉らが「信長包囲網」を展開する。軍団長たちの主導権争い、いよいよ佳境へ！
206725-7

に-22-4
レギオニス 勝家の決断
仁木英之
上杉謙信との合戦中に決裂した勝家と秀吉。そして、本能寺にて信長死す。天運に導かれし男たちの行く末や、いかに――軍団長たちの出世争い、感涙の大団円。
206758-5

も-26-2
美女いくさ
諸田玲子
信長の気性をうけつぎ「女弾正忠」と称された小督は、愛する夫と引き裂かれながらも、将軍家御台所として、戦国の世を逞しく生き抜く。〈解説〉中江有里
205360-1

も-26-3
花見ぬひまの
諸田玲子
幕末の嵐の中で、赤穂浪士討ち入りの陰で、女たちは生命を燃やした。高杉晋作の愛人おうの、二人を匿った野村望東尼……儚くも激しく、時代の流れに咲いた七つの恋。
206190-3

も-26-4
元禄お犬姫
諸田玲子
「生類憐みの令」のもと、犬をめぐる悪事・怪異が相次ぐ江戸の町。野犬猛犬狂犬、なんでもござれの「お犬姫」が、難事件に立ち向かう。〈解説〉安藤優一郎
207071-4

も-26-5
恋ほおずき 完全版
諸田玲子
浅草田原町の女医者。恋の痛みを癒すため、御法度の子堕ろしを手がける彼女は、あろうことかそれを取り締まる同心と恋に落ちてしまう。最終章を書き下ろし。
207158-2